A EXTINÇÃO DAS ABELHAS

NATALIA BORGES POLESSO

A extinção das abelhas

4ª reimpressão

Copyright © 2021 by Natalia Borges Polesso em acordo com MTS Agência de Autores

Grafia atualizada segundo o Acordo Ortográfico da Língua Portuguesa de 1990, que entrou em vigor no Brasil em 2009.

Capa
Mateus Valadares

Foto de capa
Sem título, de Vânia Mignone, 2015, técnica mista sobre papel, 51,5 × 52,5 × 4 cm. Cortesia de Casa Triângulo. Reprodução de Edouard Fraipont.

Preparação
Ciça Caropreso

Revisão
Marise Leal
Renata Lopes Del Nero

Os personagens e as situações desta obra são reais apenas no universo da ficção; não se referem a pessoas e fatos concretos, e não emitem opinião sobre eles.

Dados Internacionais de Catalogação na Publicação (CIP)
(Câmara Brasileira do Livro, SP, Brasil)

Polesso, Natalia Borges
    A extinção das abelhas / Natalia Borges Polesso. — 1ª ed. — São Paulo : Companhia das Letras, 2021.

    ISBN 978-65-5921-064-0

    1. Ficção brasileira I. Título.

21-59626   CDD-B869.3

Índice para catálogo sistemático:
1. Ficção : Literatura brasileira B869.3
Aline Graziele Benitez – Bibliotecária – CRB-1/3129

Todos os direitos desta edição reservados à
EDITORA SCHWARCZ S.A.
Rua Bandeira Paulista, 702, cj. 32
04532-002 — São Paulo — SP
Telefone: (11) 3707-3500
www.companhiadasletras.com.br
www.blogdacompanhia.com.br
facebook.com/companhiadasletras
instagram.com/companhiadasletras
twitter.com/cialetras

A EXTINÇÃO DAS ABELHAS

PRIMEIRA PARTE

Na oração, que desaterra a terra
Quer Deus que a quem está o cuidado, dado
Pregue que a vida é emprestado, estado
Mistérios mil que desenterra, enterra

Pessoas

As pessoas vão embora, e isso é uma realidade. Sua mãe vai embora, seu pai vai embora, sua namorada chata vai embora, sua melhor amiga-irmã vai embora, as pessoas que cuidaram de você desde pequena e que você reluta em chamar de família de um jeito ou de outro vão embora, seus vizinhos vão embora.
Você vai embora. Tudo some. Hora dessas morre.
Você sai da vida das pessoas. Desaparece. Não sabe de nada e, quando as vê completamente diferentes do que eram, você acha estranhíssimo. Mas a estranha é você. Também. As pessoas partem para outros lugares. As pessoas escolhem outros caminhos. Ou caminhos por onde você nunca imaginou passar.
Você esbarra em gente perdida. Você está perdida. Você quer ir até o fim, mas não faz nem ideia de como é ter que inventar e forjar uma voz cada vez que abre a boca. Você acha que isso é um direito garantido. Você já tinha pensado a respeito, mas só agora compreendeu alguma coisa. Todo mundo sonha. Todo mundo imagina algum futuro. É mais comum do que imaginar algum passado, reinventar as perdas, reinventar a terra, o limo

das coisas, o mofo, a erosão da matéria, da memória. Você é todo mundo, ainda que tenham te dito que não. E você não é todo mundo. Eu sou qualquer coisa e, se posso sentir algo neste momento, sinto que estou sozinha. Às vezes queria ser

Bicho

 Foi muito difícil enterrar Paranoia. Dezesseis anos, e eu tive que fazer tudo sozinha. Como sempre. Achei estranho que ela não tivesse aparecido correndo e balançando o rabo branco pra comer a comida, mas não me preocupei muito. Gato tem dessas. Deixei tudo lá e fui pra cama. Acordei e vi o leite e a ração intocados. Botei a ração de volta no saco e sacudi bastante, pra fazer barulho. Nada. Achei que ela pudesse estar presa dentro de algum armário. É claro que as catástrofes passavam lateralmente pelos meus olhos. Como sempre. Mas tentei me apegar ao pensamento de que gatos são assim, têm essa mania de entrar em armários, gavetas, caixas, cabines, e às vezes acabam presos lá dentro. Meu coração deu uma falhada daquelas. Como sempre. Acendi um cigarro pra abafar também essa catástrofe.
 Não precisei andar muito. Paranoia estava debaixo de sua cobertinha no sofá. Olhos semiabertos. Imóvel. O cigarro caiu da minha boca. Tentei agarrá-lo, mas a boca era de choro. Eu sonho com incêndios, com fogo e destruição. Acordo e não lembro se sonhei ou se aquilo é o passado. Talvez seja um futuro. Eu

não sei. Quando eu era pequena, a casa aqui da frente queimou. Ficaram gritando que tinha gente dentro, mas nem tinha. A família toda achou que o avô bêbado estivesse dormindo, mas naquela hora ele descia o morro de quatro e olhava pra bola de fogo no fim da rua. Pensou que fosse o fim do mundo. Mas isso não o impediu de continuar bebendo.

Sei lá por quantos dias eu chorei. Não lembro. Lembro que enterrei o bichinho nos fundos de casa. Fiquei deitada na terra um tempão. Na mesma terra que enterrei Paranoia. Na mesma terra. Eu até quis fazer uma oração, mas tava cansada demais. Uma semana depois eu continuava vendo Paranoia passar atrás de um móvel, subir na cama, beber água da pia. Podia até ouvir o bicho arranhando o sofá à noite, rasgando meus lençóis. Não era o bicho, era a imagem do bicho, um borrão, acho. Tipo o que o cigarro fez no chão, o que o fogo fez na casa, uma mancha na paisagem. Uma sensação. Uma falta bem ali. Talvez o desejo de não estar tão desamparada agora,

Mãe,

Eu lembrei daquele dia na represa, sabe? Aquele dia em que fomos eu, tu, o pai, a Eugênia, a Denise. Todo mundo dentro da Kombi, com boia, toalha, guarda-sol, lanche. Tem uma foto. Não sei onde tá. O pai queimou todas as tuas fotos... bem, as nossas fotos. Essa aí a Aline me deu antes de ir embora. Mas eu perdi, acho. Talvez de propósito.

A Aline nem existia. A Aline é a irmã mais nova que eu sempre quis. Alguém com quem me importo, minha família. A filha da Denise e da Eugênia, mas ela foi embora. Pra onde ela foi? Londres. Por quê? Te conto em outra ocasião, não é um assunto nada agradável. Mas, enfim, naquele dia a gente se divertiu muito. Na foto tá todo mundo sorrindo. Eu apareço de lado, com os braços estendidos, esperando alguma coisa, estática. Todo mundo aparece desfocado atrás, menos tu, que tava tirando a foto.

Tu lembra que naquele dia a gente teve que ir embora correndo por causa de um enxame de abelhas? Deixamos meu chinelo para trás. Eu fui pisando nas rosetas e chorando até a

Kombi. Eu amava aquele chinelo, era da Mulher-Maravilha. A Denise ficou com o olho inchado por causa de uma picada. Todo mundo rindo da situação, enquanto a Eugênia dirigia e fumava, preocupada. A Eugênia tinha cheiro de cigarro, um cheiro azedo. Sabia que ela não fuma mais? Depois a gente foi comer na casa delas. E ficamos até tarde. Eu lembro porque eu tava com sono, mas tava todo mundo bêbado, cantando, fumando maconha. Eu sabia que não era o cigarro fedido. Era o cheiroso, daquele eu gostava. Mas hoje fumo só o fedido mesmo. Eu tava com sono, mas animada. Sabe que depois que o pai morreu — é, o pai morreu — foi a Denise e a Eugênia que me sobraram pra ser família? Quer dizer, elas já eram antes de o pai morrer. Tu sabe que eu vou fazer quarenta anos? Não parece, né? Mas sou hipertensa e diabética. Isso são os novos quarenta. As pessoas dizem que eu devia parar de fumar, parar de beber, maneirar na gordura, no pão branco, no açúcar, mas como é que se faz isso? Tenho vontade de matar alguém se eu não beber, se eu não fumar, se eu não comer pão nem doce, se eu não foder. Desculpa, mãe. Mas, enfim, dizem que não parece que eu tenho a idade que tenho. Vai ver são meus chás e meus mantras internos. Na real, eu não sei bem o que essa frase quer dizer.

 Eu só sei que um monte de coisas faz sentido e outro monte de coisas não faz. E que tenho preguiça de conversar com as pessoas. E que eu separo os acordos da vida desse jeito agora, e aceito que assim sejam. Compreendidos e incompreendidos. É a minha reza. E separo com um gesto de mão. Acho que essa é a diferença que vem com a idade. Claro que a gente sabe mais, mas a gente aceita muito melhor não saber. E aceita que algumas coisas mudam e que outras não mudam nem a pau e que não há nada que tu possa fazer. Só ter paciência. Eu aprendi a ter paciência. Não passividade. Paciência. Um tanto de resignação. Por mim, pra mim, comigo. Depois com os outros. Por exemplo, eu tenho muita vontade de te mandar tomar no cu, mãe, mas, como eu nem sei se tu tá viva ou morta, eu deixo pra lá. Paciência. É outra reza minha. Sabia que nunca consegui decorar uma oração? A Denise que me perguntou se eu queria fazer a primeira comunhão. Eu disse que não, porque não queria incomodar. Aí ela me ensinou a rezar o santo anjo do senhor, senhor? Meu zeloso guardador? O que é isso? Seati me confiou? Quem é Seati? A piedade divina. Piedade divina? Sabia que não tem mais abelha agora por aqui? Quer dizer, tem, mas é raro, quase não se vê. Não pode matar em hipótese alguma. E eu lembro que naquele dia matamos umas quantas. O pai enrolou alguma coisa, uma esteira, uma revista. E saiu batendo e matando. Jogaram uma toalha em cima de mim. Eu não conseguia ver. Só fui arrastada pela mão. Por ti ou pelo pai. Sei lá. Era bom quando alguém te levava pela mão. Pois é. Não pode mais. Não pode mais matar abelha.

Avisaram que isso aconteceria, a gente ficou com medo, por causa da polinização, da vegetação, de toda a cadeia alimentar, mas o governo, a Agrotech, toda aquela cambada disse que estava tudo "sob controle", que havia "outros meios" e que a função da tecnologia era "superar a natureza" e que já estava em fase de implementação uma nova técnica de polinização. Sim, essas foram as declarações. Vai saber. Se estão fazendo, não tá chegando pra todo mundo. O que chega é podre de veneno. E o que não tem veneno é só podre ou caro. Não tem mais semente também. Quer dizer, tem, mas não em tudo. Tem abelha onde tu tá? E semente? Onde tu tá, caralha? Aí tu também ouve a palavra colapso todos os dias? Eu saí das redes sociais. Nunca gostei muito, e não dava mais, mesmo que eu tivesse esperança de um dia tu escrever meu nome completo na busca e me encontrar e me mandar uma mensagem, quem sabe, né, um feliz aniversário, um gif. Mesmo assim, mesmo tendo levado essa esperançazinha por um bom tempo, eu saí. Que bom que tu não tá aqui. Na real, o Brasil tá uma

Merda

Dona Norma fedia. Achei a velhinha sentada no meio-fio, escorada em um monte de sacos, e perguntei o que tinha acontecido. Ela me respondeu meio sem jeito, meio sem saber direito o que estava acontecendo, que não conseguiu juntar forças pra carregar tudo.

— Cadê os guris que te ajudam?

— Ai, filha, eles saíram da cooperativa, apareceu pra eles coisa melhor do que ficar no lixo.

— O quê?

— Trabalhar nas porta, sabe? Nas cabine da rua, junto das cerca. Essas aí.

Claro que eu sabia. Como vinha acontecendo cada vez mais, empresas de segurança público-privadas estavam fechando ruas e impedindo o acesso. Os moradores também vinham se organizando com segurança. Alguns bairros tinham guaritas e estavam virando quase condomínios fechados, com muros, portões, cercas, câmeras e algum planejamento cínico, outros tinham apenas barricadas. Alguns ficavam entre uma coisa e outra.

E em todos eles tinha gente pra supostamente controlar a entrada e a saída das pessoas e interpelar qualquer suspeito. Oficial ou extraoficialmente.

— Eles fizeram treino, ganharam roupa e até arma.
— Arma? E a senhora acha o que disso?
— Acho que a gente tem que se proteger.
— Do quê?
— Dos bandidos.
— Quais bandidos, dona Norma?
— Esses marginal tudo. Tu viu que o presidente mandou construir um monte de prisão de trabalho?

Não respondi. Dona Norma não sabia que os guris eram e sempre seriam vistos como bandidos, com ou sem arma, independente de serem boas pessoas ou não. Quem sabe um uniforme ajudasse, mas no momento em que tirassem a casca da corporação a palavra "bandido" cairia de novo sobre eles, como o selo de uma categoria. Era triste e trágico ouvir aquilo de uma velha que trabalhava numa cooperativa de reciclagem pra ganhar uns trocados que mal davam pra comprar comida. Eu preferiria não ter que olhar pra ela toda vez que passava, assim como muitos faziam, mas dona Norma lembrava muito a minha vó com aquela cara enrugada. A vó que morreu sem que eu pudesse ao menos me despedir. Essa semelhança foi o que me levou a um dia separar latinhas, no outro perguntar o nome dela, no seguinte ajudar com as compras, puxar uma conversa, e assim por diante, já faz anos.

— Tu viu que o presidente disse que vai arrumar a casa de todo mundo que precisa? E vai ajudar todo mundo a empreender. Tu não escreve uma carta pra mim, Regina? Carta, não, né, um e-mail. Tu escreve um e-mail pedindo pra ele me ajudar a ser empreendedora do lixo? Imagina se ele me ajuda logo? Aí vai ser bom!

— A senhora acha que ele vai conseguir ajudar todas as pessoas, ler todos os e-mails?
— No programa, quando ele tinha o programa lá, ele fazia. Ele ajudou uma mulher aqui da cidade uma vez, a que tinha uma escolinha pras criança.
— É?
— É! Mas depois ela teve que vender os trailer e os computadores, disseram que ficou até louca, coitada.
— Mas foi uma pessoa só aqui da cidade? A senhora acha que ele vai arrumar a casa de todo mundo que precisa? Acha que ele vai conseguir?
— Ah, mas é que também tem que se esforçar pra conseguir. Ele não pode fazer tudo sozinho, a pessoa tem que se ajudar.
— Como?
— Trabalhando! As pessoas têm que ser direitas, boas, trabalhadoras, ele só ajuda gente que merece. Não ajuda bandido, desocupado. Por isso que eu não posso parar, por isso que eu tenho que continuar — ela tentava se levantar e pegar os sacos, sem sucesso — a fazer minhas coisa. E no e-mail, Regina, tu escreve que eu sou trabalhadora! E escreve que eu vou na igreja! Escreve que eu tenho força de vontade... e gratidão! Que ele disse que é importante ter gratidão. Daí tu escreve tudo isso e o que mais tu achar que vai ser bom. Mas, antes de mandar, tu lê pra mim!
— Eu ajudo a senhora a levar as sacolas.
— Tá, filha, mas não vai machucar as costa. Eu tinha uma comadre que não podia com muito peso, já sofria pra carregar as carne. Mas era preguiçosa.
— A senhora acha que eu sou preguiçosa?
— Ah, a pessoa às vezes é preguiçosa.
— Mas eu tô aqui ajudando a senhora, não tô?
— Tá, mas não é todo mundo.

Eu fiz cara de nada. Deixei passar. Era a dona Norma. Estava delirando de velha, coitada.

— Quantos anos a senhora tem, por curiosidade? Nunca perguntei.

— Ih, eu nem sei mais. Muitos. Quando eu nasci, o mundo era muito diferente. A gente achava que tudo ia durar pra sempre. Até os eletrodomésticos. E duravam muito. A comida, o ar fresco, a água. Hoje até o ar vem engarrafado, Regina! Pelo menos isso ajuda a ter mais trabalho pra gente no lixo. Mas eu... ih já tá quase na minha hora, até lá, Deus só dá um bom descanso pra quem trabalha.

— E o presidente também, então?

— Isso! Deus e o presidente!

— Eu levo, eu levo.

— Tá,

Filha

Eu não sei o que fazer, ela não para de se balançar. Fica nervosa e se balança. Fica com medo e se balança. Acha graça, se balança. Não quer fazer alguma coisa, se balança. Parece que é boba.
Tem que tirar isso no chinelo, comadre.
Já falei que é feio. Daqui a pouco fica moça. Não pode ficar boba pra sempre.
Eu, hein, coisa estranha, leva na benzedeira, às vezes é quebranto.
Mãe, tu pode me dar uma conga nova? Porque tão rindo de mim, que essa tá furada.
Tá boa. Dá pra arrumar.
Sim, eu sei. Mas tão dizendo que eu sou pobre porque minha conga tá furada.
Tá vendo esse teto em cima da tua cabeça? E essas paredes ao teu redor? São nossas. Se fosse pobre não tinha casa. Teu pai e eu chegamos aqui e construímos essas paredes, o teto, botamos coisa dentro. Agora é nossa.

Mas nossa casa é feia. Ninguém vem aqui porque é feia.

Quem que tá te dizendo essas coisas?

A criança fica quieta. Começa a se balançar e a mexer na gola da camiseta.

Para de se sacudir e de esmangolar a roupa. Depois sim é que vai feia pra escola. Aí vão ter motivo pra rir de ti.

Comadre, quer que eu leve ali na lomba, onde tem a benzedeira?

Leva, sim, pelo amor de Deus, vou arrumar ela e tu leva agora, pode ser? Eu tô com feijão no fogo, e ai que me dá agonia ver ela assim.

Levo, sim.

Será que resolve mesmo?

Não custa tentar, comadre, eu já fui e ela me tirou uma dor com a mão, parecia mágica.

Então leva,

Deus lhe pague

No dia que anunciaram o colapsômetro como "medida de proteção e segurança planetária", eu ri e chorei. Montaram um circo em Davos, a gente acompanhou pelas redes. Todos os palhaços, doidos e leões decrépitos que mandavam no mundo estavam lá. Sem mágicos, no entanto. Ninguém tiraria da lapela uma solução. Sem equilibristas. Ninguém ponderou prós e contras com os números sistematicamente apresentados pelas pesquisas. Nem faquires. Ninguém estaria disposto a se deitar em chão duro ou engolir o metal que a gente sentia na garganta. Só aquela gente para a qual você tem nojo de olhar. Gente de terno com tecido liso e sapato lustro. A mulher sueca foi proibida de pisar na cidade. Fez greve de fome e um pronunciamento on-line. Derrubaram. Seguiram com a transmissão oficial.

Demorou um pouco porque as coisas ficaram meio enroladas, literalmente. Tiveram que arrancar o pano de cima do que parecia ser um enorme termômetro, que marcava a "temperatura" de vários índices em vários lugares do mundo. Os limites tinham que ser respeitados por todos. Ou o país, ou determinadas regiões do país, sofreriam sanções e algumas zonas seriam fechadas. Disseram que a obra era de um artista importante cujo nome eu nunca tinha ouvido.

Eu fiquei pensando que os acordos, escritos em papel, com carimbos e assinaturas, não funcionavam mais. Que os discursos embasados e os debates salutares não funcionavam mais. Estávamos mesmo na era do espetáculo de circo, na coisa material óbvia e redundante, só palavras não davam conta. Era preciso construir monumentos esquisitíssimos, com nomes ridículos e em algumas línguas impronunciáveis, para que as pessoas acreditassem nas palavras, nas promessas. Nos indicadores reais das coisas do mundo: os preços, as faltas, as mortes. A percepção de que as coisas estavam diferentes. Mas tinham banido relatórios e pesquisas dos debates oficiais. As previsões tinham desanimado as populações. E *isso* era muito ruim. A sensação de desânimo. Não se podia aventar dados de uma catástrofe potencial. Aí já era demais. O melhor era anunciá-la com um termômetro, fechamentos e pirotecnia. Isso gerava segurança. Afinal, todos poderiam acompanhar no aplicativo.

Eu tinha combinado de ir ao cinema com a Paula, uma coisa banal, um pequeno alento. Mas a primeira coisa que ela disse quando me viu foi que, se as abelhas entrassem mesmo em extinção, o mundo ia acabar. As abelhas eram um dos principais índices que o colapsômetro contabilizava. Não contabilizaram temperaturas nem o derretimento das geleiras, apesar de terem apresentado um "termômetro". Eu disse a ela que o mundo não acabaria. Não era uma afirmação otimista. Ela disse que eu tinha razão. O mundo, a terra, o universo, tudo isso levaria uma eternidade para se extinguir. E talvez a causa de sua extinção fosse um buraco negro, um asteroide em rota de colisão, um campo magnético intruso, mas a gente, a raça humana, essa, sim, terminaria. Eu soprei a fumaça e disse: que bom.

— Tem que acabar a humanidade, estamos empesteados. Olha a merda que a gente fez. Reseta.
— O que adianta tu ler tanto e ser essa pessoa-cu, Regina?
— Eu? Pessoa-cu? Que merda é isso?
— Alguém cuja única projeção é bosta e fedor.
— Não sou assim.
Eu era meio assim.
— Não é todo mundo que tá empesteado, como tu disse, e tu sabe. Tem gente que nunca quis acabar com isso aqui. O problema é que ninguém ouve essas pessoas.
— Eu sei. Eu só tô... — Nem pude terminar.
— Me conta um plano teu. Pra antes do colapsômetro fundir.

Revirei todos os recantos da minha cabeça, varri meu peito para ver se encontrava alguma poeira de desejo. A primeira coisa em que pensei foi emagrecer. Não era consciente. Era uma resposta mecânica que há anos eu vinha tentando desconstruir. Joguei na caixa. Pensei em me tratar bem. Mas não disse isso.

— Eu quero fazer alguma coisa da vida, começar uma atividade nova, viajar.
— Sério. Isso é bom. O que e pra onde?
— Não sei ainda da atividade... mas quero viajar. Eu nunca saí daqui, né, Paula, nunca saí do país. No máximo fui pra Curitiba, a trabalho.
— Europa? Estados Unidos?
— Talvez... talvez algum lugar na América Latina. Colômbia, México, ou outra coisa totalmente diferente, tipo...
— Japão?
— Eu tava mais pensando em Salvador, mas Japão também é uma.

A Paula se sentou do meu lado, na muretinha atrás da casa, que era onde eu sempre fumava, e me contou que tinha sido demitida pela universidade.

— Mas como?

— Assim... demitida. Tchau. Deus lhe pague. Eu já esperava. Tá todo mundo sempre esperando. Há tempos tem um rumor de ameaça que nosso centro não dá lucro. Tu sabe das reestruturações, né? Centro tecnológico de linguagens, blá-blá-blá. É tudo empresa de tecnologia e técnico de aplicação agora. E o que eles chamam de retorno social direto — ela disse aquelas palavras revirando os olhos — é nada. Então, a gente não tem mais serventia. Recentemente, eu vi na grade uma matéria sobre tipos de abordagens virtuais e outra sobre regras da comunicação on-line. Eu não sei dar esse tipo de coisa. Pra isso eles chamam palestrantes externos, que cobram os olhos da cara pra dizer um monte de abobrinha. As reformas foram uma merda, Regina. Não tem mais aluno pra gente.

— Sinto muito.

— Não conseguem enxergar nem o lado prático das Humanas, o que dizer do nosso trabalho simbólico? Só tem que fazer prédio e ponte. E vender serviços.

— Mas e o desejo de atravessar a ponte? Eles vão tirar da onde?

— Sei lá se eles sabem o que é atravessar. Não sei se é só culpa deles ou desse mundo que a gente não consegue mudar.

— Acho que os dois.

— Eu nunca imaginei que presenciaria o ocaso da humanidade, Regina.

— O que tu vai fazer?

— Não sei... Não sei mesmo. Talvez me chamem pra fazer uns frilas.

— Frilas?

— Foi o que disseram. Imagina eu com sessenta anos tendo que fazer frilas. Que papel! Mas não sei, eu também pensei em ir embora. Faz tempo que venho juntando uma grana pra emergências.

— Como embora? Pra onde?

— Pro mato. Pro interior de algum lugar. Ou de lugar nenhum. Não sei mesmo. Alguma coisa eu vou fazer.

Desde muito ficamos esperando as coisas voltarem ao normal, mas nunca aconteceu. Depois o novo normal ficou velho e nos acostumamos. A Paula falou brevemente sobre os planos que tinha, e eu não figurava em nenhum cenário. Sempre foi assim. Aparecia do nada e para o nada partia sem dizer qualquer palavra que indicasse um nós. Disse que não queria ir ao cinema, que estava sem clima. Eu só bufei e ela foi embora. Me deu um beijo e foi embora. Falou que ligava mais tarde, que tinha umas coisas para resolver, que precisava abastecer antes que a gasolina terminasse nos postos, porque era fim do mês. Eu tinha escolhido aquela mulher prática para amar. Se é que se escolhe amar. Eu entendia. Entendia o egoísmo dela e o meu. Entendia as vontades dela e as minhas. Mas achava uma merda que fossem tão incomunicáveis.

Fiquei olhando o espaço que eu tinha atrás de casa, que daquele ângulo parecia ainda mais caindo aos pedaços, ali estava uma horta fracassada. Um monte de tijolos enfileirados, os espaços de dentro preenchidos com terra seca e entulho; um latão enferrujado onde eu jogava as bitucas de cigarro; o canto favorito onde Paranoia cagava; e, do outro lado, o canto favorito onde ela cavava um buraco para deitar dentro. De vez em quando, por ali tinha algum bicho morto, um rato ou um passarinho que ela mesma se dava de presente, creio. Tudo isso e o abacateiro subdesenvolvido. Fazia um ano que eu tinha jogado um caroço de abacate por ali. Nasceu, cresceu e estacionou na altura da minha cintura. E assim ficou. Sem crescer, sem dar abacate, como se fosse um mau agouro, um aviso da minha incompetência. Vi

Paranoia passar rápido atrás de uns vasos plásticos vazios. O pote de ração continuava cheio. Chamei. Troquei a ração. Fiz barulho com o saco. Não apareceu. Não apareceria.

— Eu podia tentar arrumar essa zona, comprar, sei lá,

Sementes

Minha insulina tinha chegado no posto. Logo que recebi a mensagem fui buscar. Era sempre uma novela conseguir a medicação. Até eu começar a pagar uma enfermeira por fora e ela me avisar quando chegava. Só precisava ir lá buscar rápido, assim eu sempre conseguia quando tinha. Eu sei que não é legal. Na volta, desci da lotação e passei no mercadinho do seu Francisco pra me animar com uma laranja ou uma manga. Mas não tinha mais muita coisa.

— Não tem, Regina. Tá difícil de chegar, eles vendem tudo pra empresa de refeição ou pra esses mercados grandes, pra nós não sobra. Olha aí os tomates que vieram! Por baixo do caixote tava tudo podre. Esses safados da Agrotech atiram as caixa e saem correndo! Depois ficam mandando opção de crédito. Eu tô infunerado em dívida. Porque é tudo na internet agora, pra pedir as mercadoria, pra pedir crédito, pra pagar e pra reclamar também. Só que daí é aquele vídeo da modelo lá que fica conversando como se a gente fosse trouxa de acreditar que é ela mesma que fica falando.

— Sei como é.

— Falaram tanto de comunismo, que não ia ter nada pra gente comer, que seria que nem Cuba, tu já foi pra Cuba? — balancei a cabeça em negativa — Nem eu! E nem vou poder ir lá ver se é como eles falavam, mas olha, agora eu sei como é não ter porcaria nenhuma. Eles entregam o que eles querem, o que eles têm. Acho que nem olham os pedidos. E depois te depositam com um clique o empréstimo pra tu sair do buraco que eles cavaram pra ti. E o pior, Regina, eu já pedi dinheiro tantas vezes... Tu entende que eles querem mesmo é que a gente perca tudo?

— Entendo.

— É bem assim que ela fala. Entendo. Não entendo. Que desgosto! Outro dia ela não entendeu nada do que eu falei. Era endro. Endro! Aí eu disse funcho. E a burra me mandava pra outra tela. Falei tempero. Erva. Nada. Burra.

— Cuidado com a burra.

— O quê?

— Bah, seu Francisco, o que que a gente vai fazer?

— Olha, Regina, a gente tá pensando em fechar aqui e voltar lá pra cima.

— Lá pra cima onde?

— Pro interior, São Chico. Pelo menos lá a gente tem as horta, dá pra tentar manter, lá também dá pra plantar alguma coisinha pra gente comer, pra viver fora disso aqui. Se bem que é lá que tão construindo o cadeião. Imagina se dá ruim? Esse sistema é de louco. Isso aqui vai virar uma cidade fantasma.

— Pior, né, seu Francisco. Eu fui no centro agora pegar meu remédio e comprar umas coisas, só que tá deserto, só tem gente nos carros, e ainda te olham torto. Depois que as fábricas demitiram, um pessoal foi embora. O senhor imagina quem é que vai pra esse cadeião aí que tão fazendo? É toda essa gente aí a hora que a merda estourar.

— Ou vão ficar ao deus-dará. Tem muita gente boa sem nada. Vão se obrigar a fazer o mal. Não viu lá no centro? Quanta gente na rua? Isso aí não é de agora, Regina, faz tempo que só piora. E as pessoas não percebem, não enxergam o que tem que fazer.

— Ocuparam aqueles imóveis embargados que a prefeitura nunca tomou nem pagou nem derrubou, sabe? Da antiga fábrica de botão.

— Que ideia. Lá em São Chico eu tenho casa, tenho plantação escondida. Não dá pra bobear. Nossos vizinhos lá jogaram veneno nas maçãs. Ficaram lindas, Regina. Mas é a morte. Agora tão vendendo bem no supermercado. Não tem mais jeito, é isso que tem que fazer. Os preços aqui a gente não consegue. Vai fazer direito, não dá. O triste é que todo dia aparece alguém com dinheiro querendo comprar as terras. E todo dia aparece alguém pedindo alguma coisa pra comer. A gente não vende as terras. A gente sempre dá uma coisinha. Mas, se for dar pra todo mundo que passa pedindo, eu vou te contar, Regina, não sobra pra vender. E a gente continua aqui, mas, não sei por quê, as pessoas também não podem pagar. O que que adianta? Fica um teatro.

Botei as laranjas na balança e encarei o homem velho. Há anos comprávamos ali. Era um mercadinho do tamanho de uma garagem, sempre cheio. Cheio de gente e cheio de frutas, verduras, folhas, queijos, embutidos caseiros, massas, caldos, cogumelos que eles colhiam, entre outras mercadorias de conveniência. Agora estava realmente vazio. O refrigerador onde ficavam as folhas e os temperos tinha sido ocupado pelos refrigerantes. Os caixotes variados, coloridos e sempre abarrotados, agora eram poucos e se empilhavam vazios pelos cantos. Seu Francisco pegou o tablet.

— Pera um pouco que tá atualizando a tabela dos preços. Dá vinte e três.

Três laranjas.

— Vinte e três, seu Francisco? Na semana passada eu levei laranja e tava doze, dez!

— Mas aumentou, Regina. Olha aqui.

Ele me mostrou a tabela na tela rachada do dispositivo.

— Eu vou levar só uma então.

— Essa? Tá, pera, deixa eu pesar... nove. Leva duas por dez. Deixa, ninguém vai morrer de fome. É isso, a bolachinha, o pão e a margarina, certo?

Nenhum de nós dois estava morrendo de fome, acho. Meu corpo era eloquente em dizer que não havia fome ali. Era o que as pessoas viam.

— Obrigada, seu Francisco.

— Que nada, a gente se ajuda. É como disse o meu cunhado, tem que se ajudar e olhar pelo lado bom. Pelo menos a gente perde a pança, né, Regina, se come menos. Vou te contar...

Seu Francisco deu uma risada meio lenta e bateu na barriga, que realmente tinha diminuído nos últimos meses. Bati na minha. Estava lá ainda. Firme. Firme mesmo. Nunca fui mole. Grande e firme. Andei até a esquina, depois lembrei de perguntar uma coisa e voltei. Seu Francisco brigava com a assistente virtual no tablet.

— Tem semente essa aqui?

— Ih, acho que não. Nada tem semente mais. Tem que ir no mato pra conseguir com semente.

Baixei a cabeça. Seu Francisco perguntou.

— Cadê a Denise e a Eugênia, que não aparecem mais aqui?

Ergui os ombros e fiz uma careta de quem não quer se comprometer.

Andei até em casa. Fazia algum tempo que eu vinha reparando que nada mais tinha semente e que, quando tinha, não vingava. Ao chegar perto de uma rua pela qual eu sempre passava, reparei na guarita nova e no novo "segurança". Antes mesmo que eu me aproximasse, ele saiu da casinha e ficou me olhando. Parei. Acendi um cigarro. Olhei o céu e voltei um pouco para pegar a rua de baixo. Eu fora de topar com esses chapas novos. Em alguns bairros, os próprios moradores se revezavam nas guaritas. Era o caso do meu bairro. Eu nunca me envolvi. Acho tosco demais. A Eugênia e a Denise se envolviam, achavam necessário. Porque, segundo a maioria esmagadora, nós éramos responsáveis pelo bem-estar da nossa comunidade. Era engraçada a implementação dessa lógica àquela altura do desastre. Não se tratava de nada novo e já não visto um milhão de vezes com outros nomes, mas agora tinha virado o discurso oficial dos empreendimentos coletivos. Sempre fui ranzinza demais para esse tipo de coletividade. Se quisessem recuperar uma praça, fazer uma horta, eu participaria, mas pintar escola que não tinha nem professor e fazer a ronda pra intimidar gente conhecida me pareciam coisas bizarras. Encontrei Denise na frente da guarita, conversando sobre pistolas e pisos de lajota. Tudo parecia uma caricatura. Eu era ranzinza demais para pistolas, pisos e papos ridículos. Fui passando reto.

No bairro da dona Norma não tinha guarita ainda, só uma espécie de barricada com os contêineres de lixo e uns cavaletes. As pessoas ficavam na rua e isso ao menos me lembrava um pouco da dinâmica do nosso bairro quando eu era pequena. Mas a casa não me trazia nenhuma lembrança, aliás eu nunca tinha estado num lugar tão precário. Talvez fosse um aviso. Quando passei pela Denise dei um beijo, mas não parei. Não gostava de encontrá-la nessas situações que me obrigavam a vê-la de verdade. Ela disse que faria uma janta e que era pra eu ir, que a Aline tinha uma coisa importante pra dizer. Voltei pra casa com a sensação de que poderia ter feito algo de bom no meu dia, mas não sabia o quê, alguma coisa relevante, que fosse mudar a bosta do mundo, ou do mundo de alguém, ao menos. Queria ter trazido dona Norma para morar comigo.

Que ideia

A menina fazia perguntas descabidas. A mãe respondia que não poderiam ir ao circo naquele dia e que não, ela não tinha idade para ir sozinha. A menina insistiu. Uma trupe de esquisitos passara mais cedo pela rua, gritando sobre a novidade, anunciando as atrações maravilhosas, o espetáculo fantástico. Os olhos da menina brilhavam. Acabaram indo uns dias depois. A menina ficou meses, talvez tenha sido quase um ano, falando dos malabaristas, da lona, dos bancos, e repetia palavras como picadeiro, acrobatas, saltimbancos e contorcionista. Havia um show separado, ao lado do carrossel, e a mãe aconselhou que ela escolhesse. A menina parou diante de uma lona armada com a foto de uma mulher de um lado e de um gorila do outro. Sua cabeça subiu um pouco, até que ela pudesse ler: Monga. Ela escolheu o carrossel. Mas, a cada volta que dava no cavalinho esverdeado e carcomido, sua cabeça se virava e ela tinha mais certeza do arrependimento. Monga. Em casa a menina fazia perguntas descabidas. A mãe respondia que não poderiam ir ao circo novamente, porque eles já tinham deixado a cidade.

A Monga também?
Sim.
E a gente não pode procurar ela em outra cidade?
Não.
E a gente pode ir de novo quando eles voltarem?
Talvez.
O que é uma Monga?
Uma mulher selvagem.
O que é selvagem?
Um bicho.
Uma mulher que é um bicho?
É.
Seus olhos pegaram fogo.
Eu posso ser Monga um dia?

Não

— Não, não, não, Regina. Se todo mundo fizer isso, o que tu acha que vai acontecer, imagina?
— As pessoas vão ter onde morar? O senso de comunidade real vai ser restaurado?
— Regina, não te mete com aquela mendiga. Tu não sabe o problema que isso vai te causar, tô te falando, não faz uma burrice dessas, por mais que tu ache que é uma coisa boa.
— Denise, me dá algum argumento plausível, sério, qualquer um! Por que não é uma coisa boa?
— Porque não, Regina. Que ideia maluca. Agora de certo eu vou botar mendigo pra morar aqui dentro, pra trabalhar na empresa, assim, pegar da rua e levar.
— Tu sabe que o que tu tá chamando de mendigo é gente, né?
— Ave Maria, Regina, tu tem umas ideias. Lógico que ela sabe.
A Eugênia falou aquilo como se fosse uma coisa realmente ruim e largou a travessa sobre o descanso, sacudindo as mãos. Eu e a Aline nos olhamos.

— Faz tempo que não jantamos todas juntas, né? Eu adoro a nossa casa cheia. Por que não mudamos de assunto?

Ela dizia "nossa casa" como se eu realmente fizesse parte dali. Eu até fazia. Ou tinha feito por algum tempo. Era uma daquelas coisas que se davam ao longo do tempo. Família de melhores amigos. Eu gostava também, mas nos últimos anos, especialmente depois das eleições catastróficas, um ressentimento silencioso tinha se instalado naquela mesa, nas paredes da casa, no ar. Um osso entalado na goela. Olhei o frango assado com a pele lustrosa. Aline e eu engolíamos todos os ressentimentos. Nos fazia muito mal. Tudo vinha à tona com um assunto qualquer, que elas juravam ser banal, mas que nos machucava terrivelmente. Naquela janta foi o mel.

— Vocês tão vendo o colapsômetro na internet?

Era costume ali jantar com o celular na mão, hábito do qual eu tinha me livrado fazia algum tempo. Eu era uma desconectada.

— O presidente fez até um pronunciamento no tuíter.

— Sério? — perguntei com a boca cheia.

— Sério — Aline disse, revirando os olhos —, cheio de metáforas, convocando a população a fazer a sua parte. E lançaram um app tipo um joguinho do colapso.

— Foi bonito o que ele disse! — Eugênia falou e Denise balançou a cabeça em confirmação. — Tem que baixar o aplicativo, e vai ter até recompensa de desconto nos impostos pra quem tiver boa pontuação.

— É. É bom colaborar, porque já tão implementando os lockdowns pra controlar algumas áreas. É o certo, né? Quem não ajuda não deve atrapalhar. Assim, quem quer trabalhar pode trabalhar em paz.

Eu não conseguia olhar pra ele sem pensar que estávamos num grande programa de auditório, competindo por melhorias pequenas e pessoais. Primeiro teríamos que pular de paraquedas, depois, correr na lama, catar lixo numa praia, pegar uma bicicleta e pedalar até os confins do Judas, acertar vinte perguntas aleatórias, para só então, com música de suspense e uma breve e constrangedora história de superação que eles inventariam pra ti, ter a chance de apertar um botão, chutar uma bola com os olhos vendados em cima de uma gangorra e acertar um palito de dente que poderia ou não dar o direito de melhorar algum aspecto da tua vida de merda. O fato é que era melhor ter aquele apresentador de televisão como presidente do que o presidente anterior. Eu nunca pensei que fosse ficar feliz com uma coisa dessas. Eu nem pensava muito nisso, porque me dava um nó.

— Esse negócio das abelhas, eu acho que é mentira, porque a Agrotech já se manifestou, dizendo que não vai faltar nada, que é tudo mentira, que não tem como acabar as abelhas.

— Já tá faltando. Não é mentira. Faz anos que elas tão morrendo. Lembra de 2018? Tão morrendo principalmente por causa dos agrotóxicos e das políticas da Agrotech. E podem se preparar que vai faltar mais coisa — eu disse antes de dar uma garfada na lasanha.

— Não tá faltando nada. Olha essa mesa na frente de vocês! Vocês não exageram? Deus castiga tanta ingratidão.

Frango, lasanha, arroz, salada de batata, berinjela grelhada, toda aquela comida tinha que ter um propósito.

— Pessoas estão morrendo. Não é pra gente que tá faltando, mas um dia vai faltar. Eu nunca sei se vou ter medicação no mês seguinte. Não tem mais nada no mercadinho do seu Francisco, tu viu? Na casa da Norma não tem luz nem água, nem nada, não tão recolhendo o lixo há quase um mês aqui na rua mesmo.

— De novo essa história, Regina? Não vai arranjar sarna pra se coçar, hein? Tu vai começar a dar trela pra essa mendiga, e quando tu vê ela vai tá montada em ti. E, depois, vai saber se ela tá pagando direito pela coleta, essa gente não se importa. Aqui, se o Estado não faz, a gente faz, a gente paga pra recolher. E não te preocupa, não vai faltar remédio pra ti. Tu me avisa se faltar.

— Ah, é? Paga, né? E quem recolhe? E pra onde vai?

— Recolhe quem quer ter trabalho e quer ganhar um dinheiro. E vai pro lixo!

— A dona Norma é a senhora da cooperativa, mãe, de recicláveis — Aline argumentou —, tu sabe quem é. Seguido ela tá por aqui recolhendo.

— Por que não dão um jeito no próprio lixo, então?

— Acho que eles tão priorizando ganhar um dinheiro, vocês viram os preços das coisas ultimamente? — Aline perguntou.

— Um absurdo!

— Sim, por isso que não vai mais ninguém lá no Francisco. Eu mesma tô indo no supermercado agora, mesmo mais longe, lá as coisas não tão podres. Foi-se o tempo que o mercadinho era bom. Agora ele vende podre e quer passar a perna cobrando caro.

— Mas é tudo tabelado! Ele paga um preço alto também e não consegue competir com o supermercado, é óbvio.

— Pois é, e a gente que tem que arcar com isso? Francamente.

A conversa tomava um rumo cada vez mais horrível.

— O que aconteceu com o discurso de ajudar o outro?

— Mas não é assim que funciona, Regina, a pessoa tem que *se* ajudar primeiro. Por exemplo, eu liguei hoje pro fornecedor de mel e comprei! Ainda consegui pagar um preço bem bom à vista. Assim a gente se ajuda. E mel de qualidade não vai faltar nos produtos! Isso é ajudar o outro.

— Tu comprou mel pra pôr nos cremes?

— Claro! É o nosso carro-chefe! Somos a Apis Melífera Cosméticos. E vem mais novidades, porque vamos começar a trabalhar com o veneno também.

— Dizem que é o botox natural! O cosmético das princesas.

— Não tem mais abelha e tu acha que as pessoas vão querer passar mel e veneno na cara?
— Regina, tu não entende nada de business, minha filha. Se o produto tem mel, então tem abelha. Se o produto tem mel, se precisamos usar as abelhas, então quer dizer que nós cuidamos delas. E nós cuidamos. Compramos de quem cria, e quem cria colabora pra não faltar abelha no mundo. E se tem escassez de produto, é aí que as pessoas querem passar veneno e mel até no olho! E vão pagar muito bem. Seu Francisco tem que aprender sobre novos modelos de negócios, ter informações sobre as novas práticas, ficar de olho nas oportunidades. Usar os recursos! Tem que sair da zona de conforto. Empreender. Arriscar!
— Tudo é dinheiro e oportunismo — Aline resumiu, empurrando o prato.
— Tudo é dinheiro, sim. E oportunidade! A vida é um bufê, quer alguma coisa? Vai lá e pega! Levanta a bunda e pega! Não dá pra ficar esperando alguém te servir, entende? A tua geração ficou mal-acostumada, filha, com tanta abundância à disposição. Eu e a Denise tivemos que lutar muito pra chegar aqui, nada nos foi dado de mão beijada.

Eu olhava o meu prato cheio de comida, sentia a minha boca cheia de comida, meu estômago cheio de comida e ainda assim eu poderia comer todos os tijolos daquela casa. Denise continuou a palestrar sobre os mercados, as commodities, as negociações, os empreendimentos, e tudo pra mim soava nojento e desconectado. E eu comia mais pra empurrar aquele gosto ruim. A família que tinha me sobrado. A família que eu amava era aquela. Não tinham feito arminha de dedo na nossa cara ainda, mas com certeza já tinham atirado pelas costas. Aline flutuava longe da mesa. Peguei sua mão.
— Tudo bem?
— Tudo, tudo.

— Mesmo?

— Às vezes, sei lá... fico voltando pra quando aconteceu. Não sei. Não sei se um dia vai parar. A cara dele vem na minha cabeça, mas eu sei que não é. Quer dizer, eu não sei. É só um rosto.

Fiquei quieta. Aline mudou o tópico.

— A Lu me mandou mensagem hoje, mas não respondi. Queria me ver, disse que tinha que falar comigo. Mas eu não sei se consigo lidar com a Lu agora. Não sei se ela sabe o que aconteceu e não sei como dizer. Como se fala pras pessoas? Oi, Lu, eu fui estuprada, por isso dei uma sumida — ela suspirou e desistiu.

Eu apertei os lábios e disse uma coisa idiota.

— Talvez seja melhor ignorar. Ex que volta é demais.

— Não é ex, a gente só... nem sei. Eu não fui muito legal.

— Melhor não ficar noiando com isso agora...

Lu não era um tópico que agradava naquele momento. Ninguém tinha sido legal. Nem Aline nem eu nem Lu. Aquele era mesmo um triângulo bizarro.

— Tu não vai contar a novidade? O jantar é pra isso, e eu não me aguento mais — Denise interrompeu.

— É, Aline, conta pra Regina, vamos abrir o espumante!

Aline suspirou novamente e com uma cara que era meio alegria meio preocupação me contou o motivo de tanta pompa.

— Então, tem isso... eu consegui a vaga no Imperial College. E meia bolsa.

Tudo sumiu por um segundo. Meu elo com aquele mundo. Com o passado. Com o futuro. Minha conexão com a terra.

— Que bom! Que maravilha! Aline! — Alonguei o i de seu nome como uma maldição. — Que maravilha. Que bom. Tu vai embora, então? Que boa notícia! Não tu ir embora, mas a vaga, que bom.

44

Dei um abraço nela.

— É, acho que agora vou ter que ir. Vou ser cientista de verdade — riu sem jeito —, vou salvar o mundo com a ciência — riu ainda mais sem jeito.

— Vai, sim. Que bom. Quem maravilha. Que maravilha.

Não falei mais nada. Fiquei com os olhos cheios d'água e pensei:

Vai ser difícil

Eu me lembro da voz delas em coro dizendo que não. Eu teimei. Disse que queria o bicho e que ia ficar com ele. Afinal eu não precisava de permissão.
— Vai limpar? Dar comida? Levar no veterinário pra ver se não tá empesteado? Castrar? Pensa bem, Regina, é uma vida e é pra vida! Pensa bem! É sarna pra se coçar.
— Não é pra vida. Um gato vive em média quinze anos. Nada é "pra vida", que expressão idiota.
— E tu acha pouco quinze anos? A Aline vai fazer quinze anos!
— Catorze, e eu voto que a Regina deve ficar com ela, eu ajudo.
Aline amou a ideia de ter um gatinho.
— Regina, tu nem tem tempo de ficar com esse bicho, vai deixar ela sozinha? Depois estraga tudo o que tem aí na casa, e quero ver, hein? Vai ficar solta aí dentro, vai cagar por tudo que é canto, rasgar o sofá, arranhar os móveis, comer teus livros, e se tu não limpar pode pegar aquela toxoplasmose, tu vai ficar cega.

— Credo, mãe, que paranoia! Deixa a Regina com a gatinha.
— Paranoia! Que maravilha de nome! Paranoia. Ou Noia? O que tu acha, Aline?

Nós sorrimos uma para a outra e ali batizamos nosso bichinho, que passou a ser só o meu bichinho, porque a Aline não se ligou muito a ela. Nem ela à Aline, para ser justa. Gatos escolhem os donos.

— Eu adorei! Paranoia.

Denise e Eugênia baterem com a palma das mãos nas próprias coxas, num movimento ultrassincronizado de indignação e desistência.

— Bom, eu não tenho que decidir nada, mas depois não vai dizer que eu não avisei. E outra, eu que não vou ajudar com nada. É tua responsabilidade. Eu vou no supermercado, quer que pegue ração?

Eu não fazia ideia de como as coisas podem mudar tanto em quinze anos, de como a coragem e a falta de noção dos meus vinte e poucos anos se transformariam na moderação e na empáfia dos trinta, tampouco imaginava que aos quarenta me sentiria tão absolutamente sozinha e inábil. Paranoia gostava de ficar deitada de barriga pra cima. Estava sempre perto de mim. Ou em cima de mim. A casa era puro pelo. Ela gostava de comer pipoca. Arrastava um cobertorzinho para todos os lugares. Ronronava tão alto que às vezes eu não conseguia dormir. Eu não fazia ideia de como ela seria importante em me ensinar o amor e a dedicação.

Eu não tinha a menor ideia do que significaria cuidar de uma vida quando disse que não era "pra vida", porque um gato vive em média quinze anos. Eu não poderia saber. Aos vinte e quatro, eu achava que ser adulta era se virar sozinha. Achava que era engolir o choro e pagar as contas. Achava tanta coisa simplória. Não é. Ser adulto era saber das pessoas, saber cuidar das pessoas, dos seres. Ser adulta era saber chorar as coisas, saber que não se pode pagar por tudo, que às vezes não se pode pagar e ponto. Há coisas que não têm preço, outras que não estão à venda e ainda existem aquelas que não se pode ter. Eu só não queria me sentir tão desconectada. Abri o computador e comecei a digitar

Como não ser só

Me senti ridícula. Mas tem uma qualidade no cansaço, no esfalfamento, uma qualidade que eu não sei explicar, que nos faz ir um pouco além. Que nos faz não questionar os meios. Agimos pelo desejo do fim. Acho que foi assim que cheguei naquela aba. Rolei o site de cima a baixo. Li os destaques e analisei as fotos. Nem uma daquelas mulheres tinha mais do que vinte anos ou quilos. Suspeitei que pudessem ter até menos. No entanto, a lista de qualidades dizia que elas não se importavam com a idade, porque gosto era uma coisa "ampla", e faziam uma ressalva à maioridade. Depois continuavam *spotamos novos fetiches a todo momento você pode pensar que não tem nada a oferecer, mas com certeza tem!* "Spotamos", eles dizem. *Todos os dias milhares de pessoas entram no site para descansar, jogar conversa fora e algo mais.* Quanto mais eu lia, mais eu tinha vontade de cadastrar o e-mail para um minicurso gratuito, oferecido a cada cinco linhas. Aumentei o volume do vídeo. Aquilo era obra de millennials. Eu sempre tive essa incompreensão geracional, que spotei nos mais velhos quando eu era jovem. Deve ser o ciclo da vida. O circo da vida. O fato é que aquilo era um business completo. Ofereciam serviço de mentoria e de psicologia. Fui olhar a lista do investimento inicial: uma webcam com alta resolução (tenho); internet rápida (tenho); computador ou note (tenho); um lugar tranquilo para o show (tenho); disposição e criatividade (tenho e tenho).

Descruzei a perna e cheguei bem perto da tela do computador. Me ajeitei na cadeira e abri o site numa janela anônima. O site cafona tinha logo uma propaganda barulhenta em que uma mulher gemia alto e continuamente, sendo infinitamente penetrada por um caralho gigante e anônimo. Tirei o som. As imagens de degradação do corpo pulavam em pequenos quadrados independentes na tela grande do meu computador. Peguei os fones no canto da mesa. Eu nem tinha muita vontade de nada. Mas existe mesmo alguma qualidade no cansaço. Alguma rebeldia que nos faz ir além da conta. Abri a janela novamente, agora sem a surpresa do vídeo, colei um post-it na câmera. Nunca se sabe. Procurei alguma coisa que me agradasse nas categorias. Demorei até achar algo que me excitasse. Baixei a calcinha até a metade das pernas. Partes anônimas.

Teve uma noite em que acabei na casa de um amigo de uma amiga e, nós três bêbados, agindo como adolescentes envergonhados, tentamos transar. Meio de olhos fechados, nos conduzíamos ao que talvez pudesse lembrar vagamente alguma cena excitante de filme. Mas não era. Cotovelos acertando narizes, joelhos que não se firmavam no colchão, mãos velozes demais para nossos corpos sem tanta vontade. Então saí da cama, peguei meu copo e fiquei olhando os dois. Quietos. Tão quietos sendo observados. O álcool logo pesou nos olhos e eu dormi. Quando acordei, ela já tinha ido embora. Tomei café com o amigo, cujo nome eu não lembro.

Os vídeos que eu assistia agora não lembravam em nada aquela noite. Eram bem mais assépticos, depiláticos, insípidos.

Procurei outros. Performances do desejo. Tive vergonha e tesão. Subiu no canto da tela com uma bolinha verde ao lado uma notícia sobre a baixa dos níveis do colapsômetro na América Latina. Fechei os olhos. O rosto de Aline surgiu. Pálida. O barulho de outro quadradinho subindo na tela me fez voltar. Bolinha vermelha dessa vez, mas eu não vi de onde era ou do que se tratava. No dia em que tudo aconteceu, Aline disse estar contente porque estava viva. Talvez tenha apalpado os braços. Talvez tenha feito um esforço para se lembrar do rosto do cara. Um borrão. Na tela do meu computador, as pessoas gemiam satisfeitas demais. Aline disse que não sentiu dor alguma. Contou que tinha essa sensação um pouco desviada, distante do lugar para o qual olhava naquele instante, a sensação da rapidez do tempo e de como a vida era frágil. Essas são coisas sobre as quais a gente não fala. Eu continuava com a calcinha nas canelas, tentando espantar aquelas lembranças todas com uma mão que ia e voltava do meio das pernas. Dormência. Não vai. Faz tanto tempo que eu não choro, não sei mais chorar. Virei uma pessoa prática. Não me abalo com nada. É isso. Não sei nomear o que sinto, porque é tudo um constante nada. Como se o chão se movesse lentamente sob meus pés e me levasse aos lugares, não que eu tivesse vontade. Mas não é que eu não quisesse também. É que tem uma qualidade do cansaço. Eu queria gozar algum gozo, mas sozinha, tão brutalmente sozinha — e quando não estamos sozinhos? — era difícil. Será que eu sempre fui assim? Quando foi que fiquei assim? Baixei

A tela

O convite era irrecusável. Ele penteou bem o cabelo e passou um pouco de perfume do pai. Ela só pensava em como seria ver um filme numa tela tão grande. Na noite anterior, chegou a sonhar que estava no cinema, que era a atriz de um filme em preto e branco. Acordou ansiosa e passou o dia esperando a hora em que o guri chegaria para levá-la.

Para quieta, guria. Depois vai ficar se balançando no cinema e o guri vai achar que tu é boba.

A mãe achou uns brincos e um colar e disse que era pra ela usar.

Ficou o tempo todo mexendo nos brincos. Até a tela se acender. Aí ficou totalmente concentrada.

No meio do filme, aqueles clichês, se deram as mãos. Ela deu espaço. Sentiu o coração se aquecer. Ele ria muito. Ela apertou a mão dele. No fim disse que não tinha gostado daquele filme esquisito. Disse que achou burrice que todos tivessem comido a mesma comida estragada no avião e que todos tivessem passado mal ao mesmo tempo, que deveriam ter um plano para aquilo

não acontecer. Disse que a chance de aquilo dar certo parecia remota e que não teve vontade de rir. Não daquilo. Mas de outras coisas, sim. Ele respondeu que o que valia era a companhia dela.
Me dá um beijo.
Ela pensou um pouco antes de oferecer os lábios.
Na volta, no rádio do carro dele tocava "Fascinação".
Tu sabe quem é que tá cantando?
Elis Regina.
Regina é um nome lindo.
É um nome bonito mesmo. Significa rainha.
Me dá outro beijo.
Não.
Foi uma boa

Tentativa

Caso enviasse o e-mail, nem saberia como formular direito alguma pergunta. Que estúpida. Achei um link de perguntas frequentes. Tudo era ridiculamente simples. Poderia naquele minuto, se quisesse, me registrar. E-mail para maiores informações.
Enviei. Recebi uma resposta automática.

Se você é sexualmente livre e liberad@, se você gosta de se exibir, tendo ou não experiência, esta pode ser uma oportunidade lucrativa para você!
Sexo ao vivo na internet é seguro e rentável! E agora que você já leu nosso site e entendeu o tipo de serviço que oferecemos, podemos dar o segundo passo dessa caminhada que com certeza vai levar você a lugares jamais sonhados.
Gostaríamos de reafirmar que não temos restrições! Todos os tipos de pessoas são bem-vindos na nossa rede, aliás, quanto mais diversidade, melhor! Jovem, idos@, mulher, homem, casal, lésbica, trans, fetichista, alt@, baix@, magr@, gord@, pret@, branc@, e tudo o que há entre essas categorias, se você gostaria de ganhar

dinheiro em casa na fantástica indústria do sexo virtual através de transmissão on-line segura e ao vivo, você está no caminho certo. Você vai fazer muitos amigos por diversão, aumentando sua renda por meio de suas habilidades pessoais no conforto e privacidade do seu lar ou local especial que escolher. Você pode ter sua própria programação, seus horários, suas escolhas, ou seja, você é quem manda, sempre! É dinheiro fácil e garantido. Outros aplicativos e redes não se provaram tão eficazes quanto o nosso jeitinho de fazer! Sabemos disso, pois temos muitas migrações para cá. Não perca tempo!

Se você é maior de 18 anos, tem um computador com um plano de internet bom (podemos recomendar! Temos parcerias!) e uma câmera (também podemos oferecer ótimas ofertas), pode trabalhar conosco.

Escreve de novo para a gente! Você está mais perto da melhor decisão que já tomou na sua vida!

Copiei o outro e-mail e comecei com um *Boa noite*, vi o cursor piscar algumas vezes e segui *gostaria muito de trabalhar com vocês*. Apaguei. *Boa noite, meu nome é Regina, tenho quarenta anos, liberada e quero tentar uma atividade de trabalho nova na vida.* Apaguei a última parte e novamente *Boa noite, meu nome é Regina, tenho quarenta anos, liberada, cheia,* não, *grande, alta, gosto muito de sexo e quero, neste momento, tentar um novo trabalho na minha vida. Não tenho experiência no ramo do sexo virtual, mas sou curiosa e aprendo rápido. Tenho mestrado em teoria da literatura. Quarenta anos. Tenho quarenta anos e minha vida é uma merda, vivo de bicos, jubilei na primeira faculdade, fui a tiazona da segunda, me formei em letras. Tenho quarenta anos e um mestrado em teoria da literatura, mas não tenho diploma porque na verdade larguei tudo porque me envolvi com a minha orientadora, que agora não fala mais comigo direito, agindo como*

se tivesse doze anos, mas tem quase sessenta. Eu falo inglês, espanhol, francês, alemão e até um pouco de italiano e tenho certeza de que isso poderá colaborar imensamente para a Apaguei até "aprendo rápido", mas mantive as línguas. É sempre um diferencial. Terminei com: *Aguardo um retorno. Obrigada, Regina.*
Enviar.
Fui até a cozinha e peguei uma cerveja. Sentei e reli o e-mail. Tomei um golão e ela desceu solta. Senti quando bateu no estômago vazio, o que me fez rir alto. O que poderia acontecer de errado? Levantei e fui até a cozinha. Nada. Peguei um pão, passei margarina. No máximo responderiam com as informações. Comi meio sem notar. Ou não responderiam. E se fosse uma pegadinha e vazassem o e-mail com meus dados e minha vontade de trabalhar na indústria do sexo virtual? Mordi mais um pão. Acho que tem uma pizza congelada no freezer. Não. Eu comi de manhã. O pão estava seco. Passei bastante margarina. Eu não gosto de margarina, mas a manteiga tá pela hora da morte. Eu devia voltar a ser vegetariana, mas não sei se consigo. Mordi com mais força. Apertei os lábios e juntei bem as sobrancelhas, sacudindo a cabeça para que o pensamento voasse logo dali. Tomei o resto da cerveja. Meu estômago doeu. Sempre doía. Fiz um chá. Voltei para o computador. Peguei meu chá e procurei algumas matérias sobre o assunto. Procurei bolachas. Sempre há bolachinhas de três reais e um câncer pra comprar. Sempre há. Não tinha. Nem a bolacha. Preciso ir ao supermercado.
Você é louca, Regina, você é muito louca, pensava, enquanto lia uns depoimentos.

"Já entrava em sites de relacionamentos escondida do meu marido bem antes de começar a trabalhar com isso. Já tinha me exibido tanto de graça que na época eu pensei: que mal tem eu cobrar? Sim! E teve um lado curioso meu que pesou. Eu queria ver se realmente pagariam para me ver. Bem na verdade, eu achava que aquilo era absurdo e não ia dar em nada, mas eu tinha que experimentar! Hoje, meu marido e eu nos exibimos juntos", contou *Coelhinha* ao portal, "só trabalhamos com isso".

Na caixa de e-mail, o número um aparecia entre parênteses.

Boa noite, Regina. Tudo bem?
Aqui abaixo estão os procedimentos para que você possa se tornar uma de nossas parceiras. Siga as instruções e baixe o aplicativo no seu celular, computador ou dispositivo que melhor lhe servir, para acompanhar, em tempo real, o relatório com todos os seus ganhos. Em caso de dúvidas, não hesite em nos contatar. Aguardamos ansios@s a confirmação da sua inscrição. Se você responder este e-mail em menos de 24h, ainda oferecemos um curso especial de desenvolvimento pessoal 100% on-line e 100% gratuito. Após a sua inscrição, entraremos em contato para demais ajustes.

Tirei a carteira de dentro da minha bolsa.
Dez, doze, catorze, dezenove reais e, deixa ver, vinte e cinco centavos.
Talvez não fosse má ideia. O bar era mais um bico, era pra ajudar a Tânia nos dias movimentados. Incrível como mesmo no meio de uma catástrofe mundial, na iminência de um apocalipse, as pessoas continuam transando e bebendo.
Comecei os tais procedimentos. Olhei para os dois lados, mesmo sozinha em casa, como se estivessem me observando. Como se eu valesse algum tipo de comentário. Mas ninguém nunca iria dizer

Nada

A pessoa trocou meu nome umas três vezes. Eu estava no bar, ela no balcão. Queria puxar conversa, mas eu disse que só queria beber.
— O que tu acha desses drones de segurança?
Ela disse segurança com uma voz meio descrente.
— Ridículos.
— Eu achei que era um enxame de abelhas outro dia, mas não. Era um drone que tava na minha vizinhança por causa de um incidente — ela disse incidente com aquela mesma voz. — E ele me disse pra voltar pra casa, acredita?
— Não.
Mexeu a caipirinha e disse que queria mais doce. Eu pensei que queria desestampar a imagem tétrica que tinha presenciado no caminho e que um drone de segurança podia bem servir para dispersar aquelas aglomerações bizarras. Mas já eram costumeiras. Eu é que ainda me chocava. Desde a pandemia de 2020, quando as igrejas tiveram que fechar, a Universal começou a promover culto nas praças e parques. Eles propagandeiam como

algo espontâneo e saem às ruas e vão até a praça central, onde se ajoelham espalhados e rezam. O pastor vai passando com um megafone para dar a primeira linha da prece e depois todos seguem no automático, o que nunca consegui fazer. Passei pelo meio da praça hoje e estavam lá. Nenhum drone os impediu. Não era um incidente. Não prestei atenção na reza, não soube pelo que pediam intervenção. Andei rápido as quadras restantes. E ao chegar tomei uma dose de vodca pra liquefazer um pouco as imagens. Agora só tinha um vapor estranho.
— Tu trabalha aqui?
— Só quando me chamam.
— Ah, porque não te vi na semana passada.
— Eu venho nos dias do caraoquê, porque geralmente enche.
— Giovana, né?
— Regina.
— Desculpa, Regina. O que tu faz depois daqui?
— Eu vou pra casa.
Começar um trabalho novo de stripper. Será que os jovens falam assim?
— Sozinha?
Devolvi o copo pra mulher e respondi que sim. Perguntou se eu queria uma carona. Hesitei.
— Não me custa nada, Renata.
— Regina.
Não era nada mal ser

Alguém que não eu

— Roberta, teu cheiro é muito bom. O que é?
Eu apenas ri e continuei beijando a mulher do bar cujo nome eu tinha feito muita questão de não perguntar. Acabamos indo pra casa dela, a minha estava uma zona. Um cão latia rouca e continuamente. Aline apareceu nos meus pensamentos. Quis cortar caminho. Ela me contou tudo depois. Olhei pela janela. Um pano preto furado de luz, ela tinha me dito. E se o cachorro chegasse e se viesse do meio do mato para ver como era tentar tirar o peso das coisas? E se não pudesse? E se eu escolhesse ficar deitada ali para sempre?
— Tua pele é macia demais. Sério. O que é? É creme?
— Sim, sim.
— Roberta? Tá tudo bem?
— Regina.
— Ai, desculpa, que vergonha.
— Tudo bem. Eu não sei teu nome.
— Isabela.
— Isabela, acho que eu vou indo. Não tô muito no clima.

— Eu te levo.
— Não precisa, eu chamo um uber.
— Eles não vêm mais aqui. É por causa dos muros e tal. Não pode circular carro de aplicativo aqui.
— Não sabia.
— Eu te levo, se quiser. Ou a gente dorme e amanhã eu te dou um café e uma carona quando sair.
— Pode ser.

Café era uma boa. Não era todo mundo que oferecia algo tão precioso. Ela devia ser uma boa pessoa. Me cobri com o lençol um pouco envergonhada. Tem uma espécie de febre que nos toma durante o sexo, uma névoa que ameniza a realidade. Depois da nossa pequena conversa, a coisa toda se dissipou e voltamos a ser duas desconhecidas dividindo a cama, e aquilo era muito estranho.

— Teu corpo é uma escultura.

Por que ela insistia naquele tipo de frase, naqueles elogios descabidos? Minha pele era normal, meu cheiro era de trabalho, álcool e cigarro, meu corpo me deixava em um estado de alerta constante, a barriga protuberante por causa da diabetes parecia sempre cheia d'água, o que me fazia tentar me esconder. Soltei o ar pela narina e pedi se poderia fumar um cigarro. Ela me acompanhou e acendeu um. Ela me olhou sorrindo e eu desejei que ela não dissesse que eu ficava um charme fumando.

— Uma pena tu ser tão triste, Regina.

Eu não soube o que dizer sobre aquilo, eu também achava uma pena.

— Eu não sei se posso ficar. Esqueci minha insulina.
— Eu cuido de ti por hoje.

Aquela frase era de um alento sem tamanho. A desconhecida que cuidaria de mim. A desconhecida para quem eu poderia me entregar apenas naquela noite. Que extraordinário.

— Ah, é? E por acaso tu é médica?
— Sou.
— Por isso tu mora nesse bairro chique que tem até drone de segurança. Onde eu moro tem só guarita e nem são dessas chiques.

Isabela arrumou o meu cabelo e ficou olhando o céu. O cão foi ficando manso, depois mudo, se enfiou no pote de comida, foi roer um osso, quem sabe.

— Se a gente ficar um tempo aqui bem quietinhas, dá pra ouvir ele voando. Novas poéticas, né? Com quem se importam os drones? Para quem cantam?

Ninguém se importava com a minha tristeza nem com a tristeza de ninguém. Rostos descolados sobre corpos quaisquer. Tu parece ser alguém legal, Isabela. O cão latiu quando o cara derrapou nas pedrinhas da curva, Aline me contou. Não tinha drone de segurança. Ela não sabe quem é, ninguém viu. Ninguém sabe por que somos tristes. Na real, eu não quero saber nada sobre a tua vida, Isabela. Pensei que podia dar uma chance ao acaso, conhecer alguém novo. Mas foi uma ideia boba que deixei

Escapar

Entrava em um avião para Bogotá. Não sabia bem o que a tinha motivado a largar a filha e o marido naquele fim de mundo e embarcar num trailer de circo com três desconhecidos. Rosca, Bira e Lena. Quando recebeu o convite, não tinha entendido que era pra compor o trio de amantes. Pensou que o interesse tinha partido de Rosca. Mas era de todos. O espetáculo que montavam não era exatamente parte do circo, eles integravam circos itinerantes, onde quer que estivessem, com o show da Monga. Rosca operava as luzes e fazia a narração, Bira ficava na porta arrecadando o dinheiro e contando às pessoas que passavam sobre aquela criatura única e fascinante que eles veriam se transformar diante dos olhos.

Vocês estão prontos para ver a mulher-gorila? *Selvagem*, Lupe repetia para si mesma, corrigindo o erro do amigo. Vocês não vão aguentar! É uma experiência assustadoramente real! Ela é única. A mulher, esta linda mulher que vocês podem ver no cartaz, vai se transformar diante dos seus olhos em — olhava para todas as caras alongadas do recinto — Monga! Uma criatura selvagem! *Selvagem*, Lupe dizia. Uma fera bestial!

Lena fazia a Monga na parte da linda mulher. Então, quando todos entravam, Bira saía correndo da entrada da lona, vestia rápido a roupa de macaco e no quinto jogo de luzes já aparecia completamente vestido atrás das grades da jaula de onde Lena já havia saído, tirado a peruca loira, para correr até a frente e começar a gritaria contagiante que seria seguida por mais e mais pessoas até a grade arrebentar e a Monga, que naquela altura era Bira, correr em direção à plateia e pegar Lena, indefesa. Nunca falhava. Ela agora poderia aliviar Bira e Lena, sendo a bilheteira ou a própria Monga. Optou por ser a monstra.

Te cai bem ser uma fera.

Te cai bem uns dentes da boca se continuar a dizer bobagens, Rosca. Lena disse isso tentando proteger a companheira.

Respeite-se.

Faziam dez, quinze, trinta shows por dia. Poderia se extenuante. Mas gostavam.

Ela entrou na van numa manhã qualquer. Pensou na filha e no marido, pensou muito neles. Em como seria mais feliz sem os dois. Em como sua vida voltaria a fazer sentido. Em como tudo aquilo que fora interrompido voltaria a seguir seu curso planejado. A vida. Era boa. Foram com o trailer rebocado, as lonas, os equipamentos rudimentares, as luzes e uma euforia mágica até Santa Cruz de la Sierra. Cruzaram o Rio Grande do Sul, fizeram shows em Santa Catarina. Ela foi a Monga pela primeira vez em Cascavel, depois em Pato Branco e em Corumbá, onde ficaram por algum tempo. A Monga foi um sucesso em Corumbá. Os homens queriam ir a São Paulo, mas acordaram de um porre fenomenal quando já estavam em Santiago de Chiquitos. Lena e ela tinham sequestrado os garotos. Iriam até Santa Cruz de La Sierra, ela queria ser a Monga em Santa Cruz de

la Sierra. E cantavam no caminho *enquanto esse velho trem atravessa o pantanal, só meu coração está batendo desigual, ele agora sabe que o medo viaja também sobre todos os trilhos da terra,* mas não tinha medo. Tinha gana.
Chegaram em novembro, o calor era de matar. Lena tirou uma foto no meio da estrada. Ela, Rosca e Bira, abraçados. Ela metade Monga, metade mulher, a mulher mais feliz do mundo. Tinha uma felicidade absurda. Irrepreensível. Inabalável. Estavam a caminho das Lomas de arena, depois de um show excelente. O melhor da temporada. Tomavam *cervezas*, riam e se beijavam.
No dia seguinte, Lena deixou a foto no travesseiro dela. Não sabia bem por quê, mas pensou na filha e no marido. Não sabia se sentia saudade ou o quê. Sentia pena de não estarem ali também, mas não identificava o que era aquilo dentro do peito e da cabeça, um torvelinho a remexer memórias. Respirou fundo. Saiu para caminhar pela cidade. Pôs a foto no correio. Só a foto. Sem carta. Sem explicação. Abraçada com dois homens, vestida de gorila. Pôs o envelope com a foto no correio sem nenhum remorso ou projeção. Apenas pôs no correio, sem sadismo. Sem nada a não ser a vontade genuína de compartilhar aquela felicidade com as pessoas que tinha deixado. Com as pessoas que não cabiam naquele plano. Com a ideia de que talvez pudessem entender que ela estava realmente sendo quem queria ser e que por isso a compreendessem. Não pensou em pedir perdão. Em nenhum momento isso passou por sua cabeça.

Meses depois, pegava um avião para Bogotá.
Deixava o trio. Lena estava mal. Rosca e Bira estavam tristes, mas Lena estava devastada.
Eu não posso ficar. Eu quero conhecer uns lugares, Lena.

Mas nós estamos conhecendo muitos lugares,
Mas eu quero conhecer lugares específicos e se eu ficar com vocês vou demorar muito, fico ansiosa.
Quem vai ser nossa Monga agora? Tu é a melhor Monga.
É, vai ser difícil, eu sei que fui uma ótima Monga. Mas vocês davam conta antes de mim e vão dar conta agora também. Quem sabe não encontram outra

Em algum lugar

Acordei no meio da noite. Suada. Não devia ter comido bala e ido dormir, mas o cansaço realmente deixa a gente burra. Não conseguia dormir, não conseguia me levantar. Senti minhas costas molhadas. Agora que a Aline não tá mais aqui comigo, não posso gritar que eu tô hipoglicêmica, que tô mal, que tô com medo, não tem pra quem gritar. Senti um medo estranho entrar pelos joelhos e fazê-los tremer. Respirei. Eu vou conseguir me levantar. Eu só tô um pouco nublada. Fiquei lembrando de como era bonito o céu naquelas sextas-feiras de março em que sentávamos na muretinha e tomávamos cerveja juntas. A janela estava aberta e um vento gelado entrava pela fresta. Tentei me levantar, mas não consegui. Só me cobri bem. Depois fiquei pensando que, mesmo com a grade, alguém poderia aparecer ali e tentar qualquer coisa, poderia atirar em mim, poderia pôr o cano da arma na fresta e me matar ali mesmo e ninguém daria falta tão cedo. Mas por que diabos alguém apontaria uma arma para dentro de uma casa e atiraria? Regina, tu tá delirando. Levanta e vai tomar açúcar. Fica acordada. Depois vamos fazer a insulina. Tá bem, Aline. Obrigada. Sentei na cama.

O fim das coisas, o fim denominado das coisas, escolhido para evitar que algo indesejado se prolongue. Decretar o fim das coisas, eu tinha aprendido com meu pai que isso era tarefa para bêbados. Porque nada importante dói quando a gente tá bêbada.

Me levantei pra fechar a janela, tomar a água, fazer as coisas, mijar. Deixei a cortina aberta. Queria ver o céu. A noite preta. O poste. Queria ouvir o cachorro, o ônibus quando a manhã chegasse, algum carro perdido, alguma vizinha saindo cedo, qualquer coisa que não fosse a minha própria respiração, que não fossem meus próprios pensamentos. Meu sangue e meus fluidos correndo por dentro. Paranoia não estava na cama, mas tive certeza de tê-la visto em cima da estante. Patas brancas pra cima, dormindo profundamente, a ponto de despencar. A ponto de se esborrachar no chão. Como se nada mais importasse a não ser dormir com as patas para cima. Mas Paranoia jamais cairia mal. Atrás da porta, uma luz fenomenal, minha mãe andando pelo deserto, minha mãe fazendo uma cabana numa floresta, minha mãe escalando o Everest, minha mãe observando o Perito Moreno. Eu sempre a fazer uma fotografia à distância, segura. Um bloco de gelo despencando sobre nós e

Não vi amanhecer

Eu me levantei. Abri todos os meus livros, folheei, sacudi. Fui encontrar a foto quase no último volume da prateleira do meio: *Ruína y leveza*. Sacudi e a fotinho caiu aos meus pés. Uma mancha na cara da minha mãe tinha arruinado um pouco sua aparência. Depois achei irônico que estivesse ali naquela história de fuga, mochilão existencial, presa numa mina com um desconhecido. Era aquela a história da minha mãe? Eu não sabia dizer muito bem o que sentia a respeito daquilo. A gente se constrói e se desconstrói e aprende a olhar com um pouco mais de entendimento para as outras pessoas. A gente tenta análise, tira a lona pesada de cima dos problemas, expõe os monstros, fica junto deles, faz um jogo tosco de espelhos, tenta pôr uma cara conhecida no meio das deformidades compostas de todos os nossos descaminhos, aceita as deformidades, afinal são parte, são algo ali, dizem coisas também. A gente senta para um chá, uma vodca. Mas nada, nada mesmo se encaixa. Aí a gente pode pôr a lona de novo por cima ou tirar a poeira de tudo e fazer um inventário imenso desses desastres. E conviver com eles. Conscientemente. Minha mãe descoberta. A mãe que não estava lá. A lona pesada cobre as minhas costas. Uma sombra.

Eu me lembro de como amanheceu aquele dia. A chaleira chiando no fogão, meu pai fumando na mesa, dentro de casa — meu pai nunca fumava dentro de casa — olhos vermelhos, copo e garrafa vazios à frente. Eu me levantei meio sonolenta, tentando entender o barulho que vinha do corredor. Passei pelo pai, entrei na cozinha, desliguei o fogo e o chiado foi minguando até que de repente se intensificou. Olhei na direção de onde vinha o outro gemido estranho. Meu pai colocou o copo vazio sobre a boca para abafar o choro, fingir, mas não pôde. O copo fez a voz dele reverberar. Eu tinha oito anos.

— Que foi, pai? — cheguei perto dele. Fedia a álcool.

— Nada, volta pro quarto.

— Cadê a mãe?

Ele não respondeu. Levantou e foi bater umas portas de armário na cozinha, procurava qualquer coisa, um bilhete. Eu nem sei se ela deixou um bilhete, se eles conversaram. Eu fui pro quarto. Fiquei lá, quieta, ouvindo meu pai gemer e falar coisas entredentes, coisas que eu não entendia. Ele nunca respondeu sobre minha mãe. Ficamos nós dois por anos nesta casa. A mãe sumiu numa sexta. O pai bebeu até domingo à noite. Eu não falei com ele, ele não falou comigo. Na segunda-feira, me acordou cedo para ir à escola, me deu café e eu fui sozinha. Voltei da escola ao meio-dia e ele estava em casa com almoço na mesa. Saiu na primeira hora da tarde, dizendo que ia trabalhar e que voltaria um pouco mais tarde do que o normal porque precisava resolver algumas coisas. Me deu a chave de casa, me disse onde tinha comida. Se certificou de que eu sabia usar o fogão, de que eu saberia mexer nas facas, nos abridores de lata. Deixou o telefone da Eugênia escrito num bilhete e dinheiro em cima da estante da televisão e voltou bem tarde. Bêbado. Eu já estava dormindo, mas ele me acordou, porque tinha comprado um filé. Me serviu um naco enorme de carne com molho e meio copo de cerveja. Depois disse que aquele era o melhor remédio para tudo. Eu comi tudo, porque estava mesmo com fome. Tinha usado o dinheiro pra comprar um salgadinho e um refrigerante. O que mais uma criança poderia querer? Bebi toda a cerveja, achando muito ruim. Na outra sexta eu perguntei a ele quando a mãe ia voltar. Ele disse, sem muitas explicações, que a mãe não ia mais voltar. Que ela tinha partido numa viagem muito longa. Perguntei se ela tinha morrido e ele respondeu seco.

— Antes tivesse.

Eu não lembro de ter ficado triste ou com medo, mas acho que o meio copo de cerveja que eu tomava de vez em quando nocauteava um pouco os meus sentimentos. O pai me dava cerveja por isso mesmo. Era uma letargia boa.

Com doze anos, era comum eu mesma me servir antes dele. Com quinze, ele parou de trabalhar e passou a feder a cachaça todos os dias. A Eugênia vinha conversar com ele e me levava para dormir na casa dela e da Denise. Eu gostava de ajudar a cuidar da Aline. Ouvia meu pai gritar puta vagabunda e ouvia a Eugênia ponderar sobre as coisas. Com dezesseis pra dezessete, eu é que passei a cuidar dele. Chorava muito à noite. Reclamava de dores no estômago. Tentei levá-lo a médicos, clínicas, benzedeiras. Denise começou a vir aqui em casa com muito mais frequência, ver como tudo estava. Passava sermão no pai. Ameaçava-o com responsabilidades idiotas. Passei a dormir mais vezes lá. Daí, um dia, do nada, o pai me deu a foto. Não disse nada. Aliás, disse que eu devia ter uma lembrança da minha mãe. Disse aquilo com uma cara horrível. As outras fotos ele queimou, rasgou, jogou no lixo. E me entregou aquela imagem bizarra em que minha mãe, abraçada com dois caras, estava meio vestida de gorila, segurando uma cabeçorra peluda debaixo do braço. Ela sorria com a boca bem escancarada. Dias depois, ele foi internado. Daí foram idas e vindas ao hospital. O pai era um esqueleto. Eu comia por mim, por ele e por todos que chegavam para perguntar algo, comia tudo, comia sempre para não conversar muito e alagava a comida com algum álcool quando possível. A Eugênia e a Denise não aprovavam.

É minha filha, não se metam.

Elas reviravam os olhos como quem tem preguiça de discutir. Depois vinham me dizer que sabiam que eu bebia e que não queriam que aquilo me levasse para outras drogas nem que me atrapalhasse para terminar a escola.

Se a vida que eu levava só com o pai nunca tinha me atrapalhado, não era agora no último ano que aconteceria. Além disso, eu ia bem na escola. Eu amava a escola. Eu nunca faltava. Estava triste que era o último ano. E me diziam que a vida começaria depois. Eu desejava isso. Outra vida a começar.

No dia em que fiz dezessete anos, comemos bolo no hospital e o pai disse piscando um olho pra mim, enquanto a Eugênia e a Denise fingiam não entender:

Agora tu já pode beber, já pode até ser presa se fizer coisa errada.

Eu tenho dezessete, pai.

Puta que pariu! Errei o ano de morrer, não vai dar pra esperar mais um, filha, não aguento mais essa merda.

Depois, quando elas foram embora, o pai caiu num sono letárgico por conta dos remédios. Fiquei um tempo olhando a cara dele, os olhos inchados na cara magra, a barba meio grande, o cabelo meio grisalho, os dentes podres. Peguei sua mão, ele apertou.

Dormiu até morrer, dois dias depois. Complicações no fígado, varizes esofágicas, ouvi conversas sobre a cama estar tomada de sangue. Não quis saber. Agi meio como ele agiu quando a mãe foi embora. Bebi e tentei não pensar no assunto. A Denise fez tudo. Toda a burocracia da morte, toda a assistência da morte, tudo. Inclusive foi ela que disse a todo mundo que, se eu quisesse, se realmente quisesse continuar morando sozinha naquela casa, eu poderia, porque a casa era minha e eu tinha total liberdade para decidir se queria ou não ficar ali, porque eu já era bem adulta. Fiquei.

Segurando a foto da mãe, não sei o que pensar. Não sinto nada. Nada além de uma imensa vontade de ir embora. A placa descascada indica a cidade incógnita, aproximo os olhos da foto e forço o foco na tentativa de reler a localidade. Joguei a foto de volta dentro do livro. Eu não queria saber o paradeiro anacrônico da minha mãe. Mas aquela informação fincou um prego enferrujado no meu cérebro. Ficou latejando uma dúvida, uma busca na qual eu não embarcaria, a não ser que me levassem

Para longe ou para Londres

— A mãe te falou que tão procurando casa?
— Não.
— Pois tão que nem loucas. Querem sair dali do bairro. O que você tem feito?
Hesitei.
— Tô procurando trabalho na internet, achei, na real, até.
— Na internet? Parece coisa de velho — riu —, como assim? Que trabalho? Cuidado pra não cair em golpe.
— Rá-rá-rá idiota. — Tomei um gole enorme de café requentado que me queimou e se espalhou pela garganta. Respondi meio engasgada. — De stripper.
Aline voltou a aparecer na tela do celular.
— *Sniper* ou stripper?
— Stripper. Se bem que *sniper* não seria má ideia. Mas é stripper mesmo. Virtual.
— Virtual?
— É. Para de repetir como se fosse absurdo. Era isso ou entregadora do ifood, mas não tenho moto, e bicicleta não rola.

— Não foi ver o joelho podre ainda?
— Nah. E é *cam-girl* que dizem. — E eu disse *girl* com um azedume na boca. — Sem restrição de idade nem de cor, nem de sexo, nem de peso. Não tem isso aí em Londres?
— Tem em todo lugar, besta. É uma profissão ubíqua.
— Sim. E como tá a vida de cientista em Londres?
— Meh. Sem grandes descobertas. Somos assistentes do laboratório. Mas boa.
— Não parece.
— Acho que vou pra Paris no mês que vem, as gurias vão. Não sei, tô pensando em tentar fazer alguma coisa por lá. Eu não sei muito o que fazer, Regina. Não sei se quero continuar aqui.
— Como estão as coisas do colapsômetro aí?
— Não parecem tão descontroladas como as notícias daí que a gente acompanha. Não sei. Aqui parece que tudo está sempre muito sob controle, sabe? Apesar de ser um indicador planetário, não usamos os índices para nada no nosso grupo de pesquisa. E isso que é em ciências da vida. Eu acho estranho. Mas para algumas coisas é ótimo, a sensação de segurança é algo muito importante pras pessoas aqui, eu demorei até me acostumar com o fato de estar segura — ela fez aspas em segura. — Aqui tem fases, parâmetros de segurança, protocolos. E as pessoas cumprem. Aí a gente vive no medo, Regina. Não é nem com medo, é *no* medo, enfiado no medo. Querem a gente assim, que a gente pense a partir do medo. E o foda é que isso acaba nos paralisando ou nos fazendo agir na exaustão na maior parte das vezes. Tem que parar de sentir pra poder sobreviver. Tu me disse uma vez que tínhamos que revirar o medo pra existir. É verdade. Só assim pra existir.
— Sim. Eu tô exausta. Tão exausta que não tenho medo de nada.
Ficamos um tempo em silêncio. Nós, estáticas na tela.

— Congelou?

— Não, só não sei o que dizer. — Silêncio de novo. — E os imigrantes?

— Igual. Vistos como um problema. Algumas pessoas são muito receptivas, mas sempre tem os cretinos. E o governo tenta implementar políticas que não soem tão racistas, mas nós sabemos que são. Ficou sabendo das "zonas livres de imigrantes", das "zonas livres de gays" e dos campos de refugiados?

— Aqueles que não tinham condições sanitárias ou o que as pessoas tinham que andar sempre identificadas?

— Os dois. Agora são casinhas. Um bairro IKEA. Afastado. A identificação visível continua. Pra entrar e sair, precisam passar por uma guarita de controle. A crise dos refugiados, na real, é a crise do refúgio, porque não tem pra onde essa gente ir. E essa gente não sou eu, por exemplo. Ainda não sou eu.

— Aqui é igual.

— Não é a mesma coisa. E, também, nos próximos dias vão implementar o lockdown, já falaram.

— O que é que tão falando?

— Ninguém entra e ninguém sai. E vão aplicar sanções. Mas não sei direito, parece que sai no decreto tudo junto. A gente fica sabendo horas antes, pra não ter comoção.

— Tipo 2020?

— Tipo. Mas sem a pandemia.

— É quase a mesma coisa. As pessoas copiaram e adaptaram pra nossa realidade. Não é isso que fazem aqui? Adaptam políticas que não servem pra nós? Não são exatamente imigrantes, mas não têm acesso a alguns lugares. Eu já não... ah, nada. Sabe que aqui chegou uma leva nova de imigrantes? Me pergunto o quão ruim deve estar o país deles pra virem aqui pra essa merda. Até pensei em me candidatar pra ajudar. Mas não fui.

— Bem ruim, pode apostar. Eu moro com uma guria da Síria e outra do Irã. Fatima e Aysha. Por que não se candidatou?
— Que legal. Sei lá por que não fui.
— É, é muito legal. Pra mim, pra elas, pra todo mundo.
— E tu tá bem?
— Tô bem.
— Mesmo?
— Sim, mesmo.
Eu queria perguntar pra Aline se depois do estupro ela estava bem. Se tinha esquecido, se não se sentia mais machucada. Se estava namorando. Se os tormentos e as voltas ao passado tinham sumido e se ela achava que nunca mais voltariam. Queria perguntar pra ela se a distância tinha mesmo ajudado. Eu queria perguntar se estava tudo bem pra ela eu ser *camgirl*.
— Eu tô gostando do trabalho.
— Eu queria te perguntar, mas nem sei como.
Eu não era a única a ter medo de abordar alguns tópicos.
— Ah, é estranho, mas não é também. Não sei. Sabe o que foi? É tudo tão feito para tu se perder, para tu ser dragada pelo marketing digital, quando eu vi estava num site.
— Assistindo?
— Não, me inscrevendo. Eu não assisto quase ninguém, na verdade, embora o mentor recomende que isso seja feito antes de começarmos a atender.
— Mentor? Sério?
— Então... quando eu tava lá vagando pela internet, procurando trabalho, alguma coisa pra fazer, clicando em links e uma coisa leva a outra, quando vi tava num site, espera que vou te mandar, aí tu vê como é bizarro. Faz parecer que é um trabalho qualquer. É um trabalho qualquer, talvez seja, eu não sei bem, mas falava assim se você é x y z e quer ganhar dinheiro e tal, aí

tinha um passo a passo com vídeos explicativos, e clique aqui no link, daí eu cliquei e ele me direcionou para um curso iniciante.

— Um curso de stripper para iniciantes?

— Mais ou menos. É mais complexo, era tipo isso e marketing digital e coaching, e mentoria, daí foi me levando no passo a passo e, cara, é muito fácil mesmo. O curso seguinte foi de graça, entre aspas, porque parte do valor seria deduzido das minhas primeiras atuações, daí eu ganhei destaque e uma mentoria especial, porque eles confiavam em mim e estavam me dando, entre aspas, um plus. Então eu fiz meio por cima. Tá me ouvindo ou congelou a tela?

— Tô te ouvindo, é que é meio estranho tudo isso, mas plausível.

— Sim, é incrível. Aí era uma coisa meio atuação, e tinha um módulo de criação de... Atenção: personagem.

— Mentira.

— Sério. Aí eu fiz, e aqui estamos, eu e a Divaine.

Ouvi Aline cuspindo o que estava tomando. Coloquei a máscara de gorila e apareci de novo na tela.

— Onde tu arranjou isso?

— Loja de badulaques.

— E tu faz tudo com essa cabeçorra?

— Farei. Ainda não fiz nada de fato. E tuuuuudo é quase nada pro que eu planejo.

A voz saiu grossa e abafada.

— Tu devia dar esse curso aí de personagem. Aproveitar a tua formação.

— Rá-rá-rá muito engraçada tu.

— É sério. Se é fácil assim, posso aprender e te ajudar.

— Malditos millennials. Acham que podem fazer tudo.

— Mas tu é millennial!

— Eu não! Isso aí é invenção de americano, antes as coisas demoravam mais pra chegar aqui.
— Ah, tá. É pior então. Millennials analógicos são muito saudosistas.
Não respondi. Aline era como uma irmã mais nova. De repente me senti muito mal de estar contando aquilo para ela. Não sei nem por que tinha começado o assunto.
— A Aysha chegou, tira essa cabeça pra dar oi. Aysha, come and say hello to my big sister in Brazil.
Aysha apareceu na tela: cabelo preto amarrado num coque, os lábios atiçados com um vermelho-vinho que contrastava com a blusa amarelo-ovo.
— Hey, tudo bom? — disse, estranha. — I've heard so much about you. You have to come and visit us.
— Hi. Sure. I will.
Tudo o que eu queria era pular num avião e ir para bem longe do lugar de merda onde eu morava. Eu nunca quis deixar o país, mas depois do impeachment e das eleições subsequentes, catastróficas, a ideia nunca mais saiu da minha cabeça. Mas aí teve a Paula e depois a Denise doente e depois o estupro da Aline e o inventário da casa parado e o túmulo do pai pra cuidar e Paranoia com quem deixar e dinheiro que nunca era o suficiente, porque os preços estavam impraticáveis e o dólar na estratosfera. Não deu.
— I will.
Repeti, sem graça. Quem sabe agora com o dinheiro que deve entrar do site eu não consigo juntar algo? Quem sabe.
— Regina, tenho que ir. Fica bem. Te amo.

Também te amo

A Paula disse que ia viajar por uns dias, mas que logo dava notícias. Disse que precisava resolver umas coisas urgentes no interior. Antes de desligar, ela disse:
— Então tchau.
E eu entendi "te amo", "tchamo".
— Também te amo.
Ela riu.
A Paula nunca tinha dito que me amava e com certeza precisava resolver coisas muito urgentes no seu interior.
Falou que me amava rindo ao telefone pela primeira vez. Eu não sei se gostei, apenas me senti

Desconfortável

Teve uma tarde em que eu puxei de baixo da escrivaninha um bloco e peguei a caneta mordida do porta-treco. Refri, arroz, açúcar, pão, bolacha, ovo, chocolate, maçã, folhas. Que lista otimista. Não sei se encontro folhas tão facilmente. Não sei se tenho dinheiro pra tanto luxo. Um café. Nossa. Seria um sonho. Virei a folha. *Mãe*, Virei a folha. Voltei. Rasguei. Comecei a pensar em personagens de filmes e *Organa, Amidala*, não sabia se entenderiam, talvez pudesse segmentar o público, *Gilda, Ann Darrow, lata de milho*. Nada a ver. Parei a lista por um instante e me dei conta de que aquilo tudo tinha passado a um nível de realidade um pouco maior do que a tentativa banal de fazer algo diferente. *Ellen Ripley, Sigourney Weaver,* não era personagem, mas ali estava um grande nome, *ração, Trinity, Shoshana Dreyfus,* sorri com o rumo da lista. Eram ótimos trocadilhos. *Xena, Sarah Connor, Imperatriz Furiosa, massa, Lara Croft, molho de tomate, Dana Scully.* Faltava detergente, óleo, corpo e idade: *Divine — The filthiest person alive.* Um pouco comprido, é verdade, mas era o melhor nome até agora. Divine, a guria mais suja. *Divaine,* escrevi, *Divine Divaine*. Pensei nos problemas de pronúncia, pensava nessas coisas bestas. Descansei a cabeça no encosto da cadeira e fiquei olhando para o teto um tempo.

Bem depois, quando o dinheiro começou a cair na conta. Mesmo que o site ficasse com quarenta por cento, porque a mensagem chegava antes e tudo estava arranjado, e tinham as ofertas e os pedidos especiais e tudo era contabilizado, até o imposto, mesmo assim, caiu quase duzentos reais por trinta minutos de serviço. A Tânia pagava cinquenta pelo turno todo no bar, mais o que ela chamava de janta, que era um sanduíche ou um salgado, transporte e tudo o que eu quisesse beber. Não que a parte da bebida estivesse explícita, mas era sempre assim. Cinquenta reais na mão. Pra ficar vendo um monte de sapatão encher a cara, paquerar, se pegar, chorar, cantar abraçadas, cair pelas tabelas, vomitar no banheiro, rir muito, reclamar da ex e, de vez em quando, pra apartar uma briga. E, de vez em quando, pra ver um homem desenganado entrar pela porta. Era bom, não vou mentir. Mas duzentos reais. Duzentos reais. Porque o meu serviço era especial. Isso, sim, era bom. O que tinha aquilo de especial? Eu entrava nas categorias especiais. Eu era especial? As coisas estavam dando certo, então. Vai ver eram as minhas exigências aleatórias e estapafúrdias, que eu mudava toda semana. Hoje só quero voz. Hoje preciso ver. Hoje só atendo quem usar uma cueca roxa. Hoje cinto de couro com fivela. Hoje ambiente com velas. Nomes com W. E o mais absurdo é que comecei a fazer as restrições pra ver se os clientes não apareceriam, mas eles vinham. Vinham em maior número, essas pessoas cheias de fetiches, loucas pra serem mandadas, espezinhadas, ridicularizadas. Mas sempre à espera de algum gozo. Hoje casais. Deixava no banner do site e me informavam que havia dois, três querendo uma hora com Divaine. Leilão. Chamavam. Um dia escrevi brincando "hoje fralda geriátrica". Não queria atender. Atendi. O homem queria ser tratado como um bebê. Caiu na minha conta mil e trezentos reais.

É estranho como a gente se acostuma rápido. O dinheiro caía. A personagem se desenhava. Divina. Divaine. Não me importei mais com a pronúncia deles. Fiz o workshop avançado que o site oferecia. "Como montar um verdadeiro show". Fiz anotações pessoais: Divaine fala pouco, só o essencial; Divaine tem gestos? Trejeitos? Uma linguagem?; Divaine precisa aprender a dançar melhor; Divaine é uma mulher com pelos; Divaine gosta de usar brinquedos sexuais. Como é o show da Divaine? Eu sou Divaine. Eu não sou divina.

Quando era pequena, nesses parquinhos de beira de estrada, sempre me intrigavam esses shows. Eu nunca quis ir. Fui uma criança medrosa. Dias antes de a minha mãe sumir, fomos a um parque desses e havia uma espécie de barraca de lona com um show da Monga. Minha mãe quis muito ir, mas eu tinha medo. Meu pai me levou no carrossel, porque a fila do carrinho-choque estava muito grande. Encontramos a mãe na porta da tenda, conversando com o pessoal. E fomos comer cachorro-quente. Foi isso. Sem show pra mim. Mas a mãe foi todos os dias. Deixo que minha imaginação tome as proporções do medo. Ensaio pensar que a minha mãe tenha fugido com o circo. Num show tosco. Machista. Racista. Mas ouço a frase no meu pensamento e acho ridículo. Minha mãe fugiu com o circo. Tão ridículo quanto ser Divaine. Mas Divaine paga toda a minha lista. Odeio filmes de terror, de suspense, de morte, de espírito, de E.T. Evito. Mas o medo desses shows hoje já

Não existe

Ao chegar ao topo do cerro, meio sem ar, perguntou ao padreco na porta da igreja se aquela era mesmo a estátua de Nossa Senhora de Guadalupe.

No, vea, este es un error común. Esta es la Virgen de La Inmaculada Concepción, patrona de la Archidiócesis de Bogotá. Este punto es llamado cerro de Guadalupe porque los españoles que llegaron por primera vez al lugar, le asignaron este nombre en honor a la virgen de Guadalupe de Badajoz.

A cara de decepção da mulher fez o padreco parar de falar e tocar seu ombro.

Pero no te preocupes, estoy seguro de que esta santa también vos dirá cosas importantes, sí? — Apertou os lábios e deu um sorriso mequetrefe. — Perdón, cómo te llamas?

Guadalupe.

Ah, ahora si lo entiendo. Bien, todavía el cerro es de Guadalupe. Solo que la santa es otra.

Guadalupe continuou calada. Era a cara mais triste sobre Bogotá. Naquele momento não sabia o que fazer. Sentia um pouco a falta dos amigos, sentia um pouco a falta do trabalho, sentia falta das conversas com Lena. Talvez fosse só a altitude. Não sabia direito.

Quieres un té? Por supuesto debe estar un poco cansada, no? Caminaste tanto.

Seguiu conversando com o padreco, disse a ele que sua mãe nunca soube explicar seu nome direito, dizia apenas que ela era neta de bugres, sem história de nomes. Então houve um momento em sua vida em que decidiu buscar essa explicação por conta própria e que chegou a informação deste cerro, enquanto estava em Santa Cruz de La Sierra, e que, supostamente, aqui estaria a santa que teria dado origem ao seu nome, então os amigos a ajudaram com a passagem de avião, porque nunca tinha andado de avião e decidiu que queria ter essa experiência, mas agora estava sozinha naquela cidade desconhecida, e a santa nem era Guadalupe como ela. Chegou à conclusão de que ela mesma era uma farsa, que o show da Monga talvez fosse mesmo o melhor que ela poderia fazer, já que ali ela estaria disfarçada de verdade, se é que uma coisa dessas pode existir conceitualmente.

Olhou para a cidade. Parecia uma marca de cigarro queimado num tapete verde.

Es una paradoja. En la vida muchas veces llegamos a eses momentos de decisión, pero eso es bueno, vea, que allí en este punto, puede tomar una decisión que cambia tu vida, entonces que son buenas las

Encruzilhadas

Naquele dia fatídico, a Eugênia chegou com a lateral do carro toda raspada e amassada. Tinha errado o cálculo na saída da garagem.

— Foda-se — disse quando apontei —, isso é um lembrete.

— Lembrete do quê?

Ficamos sem resposta. Antes, no caminho para o hospital, ligou para Denise.

— Ela não atende a porra do telefone.

Aline fazia exames. A polícia fazia perguntas. Tudo junto, como que para reiterar, repetir, reforçar o acontecido. B.O. protocolar, administrativo, reiterativo da dor organizada e burocrática. E os medicamentos. Mas Aline não sentiu dor alguma, me disse. Depois Denise chegou.

— Eu tava cozinhando e não vi o telefone, eu não vi, como é que isso acontece agora, meu Deus.

— A Regina trouxe ela pra cá e eu vim, eu vim, nem sei como cheguei. O carro tá todo batido. Eu não consigo entender

o que a gente tem que fazer. A médica tá com ela agora e a Regina tá aqui. Teve que ir buscar os documentos. O que eu faço?
Denise chegou ao hospital com a sensação de que tinha deixado o molho no fogo, a casa no fogo, e que, quando voltasse, absolutamente tudo estaria desfeito, caldo ácido, vermelho.
— São todos esses papéis.
— Cadê a Aline?
— No ambulatório, minha boca tá seca.
— Vou pegar água. Fica calma.
— Vai à merda com a tua calma.
Quando Denise voltou com o copo d'água, Aline tinha saído do ambulatório e estava com a gente no balcão. Olhei para Aline na saída e tive uma estranha sensação de perda. Meus braços amoleceram. Eu queria tocá-la, mas não consegui, meus braços não se ergueram.
— Vamos lá pra casa, Aline?
— Não. Acho que vou pra minha casa.
Eugênia olha para Denise.
— Filha, não acha melhor ficar com a gente esta noite? — Denise arruma o cabelo de Aline, que amolece em seu braço.
— Não. Eu quero tomar banho. E trocar de roupa.
— Pode fazer isso lá em casa. Tu relaxa, amanhã eu te faço um café — Denise tenta mais uma vez.
Eugênia segura o choro.
— Não. Eu quero ir pra minha casa, dormir na minha cama.
— Deixa — disse Eugênia.
Eugênia ficou com os olhos cheios d'água. Aline parecia ter lido no olhar da mãe o pavor que nos cercava. Encarava outra pessoa. Desde quando precisava de cuidados? Sempre tinha se virado sozinha, eu era testemunha. Comecei a notar uma irritação crescer em Aline. Não era apenas o seu choque, o choque do seu corpo. Era o de todas nós ali, mais tarde seria o da vizinha,

do trabalho, antes fora o de todas as enfermeiras que fingiam estar acostumadas, da polícia que fazia perguntas friamente ridículas para o registro do B.O., o choque das pessoas ao lerem a notícia de que uma mulher tinha sido estuprada. Mais uma. Mais um número. Estatística vencida pelo ato. Era o choque de todos nos olhos de Aline que passava a enxergar. Um trauma coletivo, dividido e silencioso.

Denise falava com a polícia e guardava papéis e os documentos. Voltou com os olhos ardidos. Disse num tom meio incerto que o policial tinha comentado sobre uma onda de estupros perpetrados contra mulheres lésbicas. Havia um jogo na internet. Falou como se não acreditasse. A gente não se assusta com mais nada. Até que as coisas nos atinjam. A gente não acredita. Aline olhava para o informativo e tentava manter na cabeça as instruções da polícia, as recomendações médicas, a quantidade dos antirretrovirais, os horários, o tempo, os quinze dias de afastamento das atividades, e o preço absurdo que teve que pagar pelos medicamentos.

> As vítimas de abuso devem buscar ajuda o mais rapidamente possível e têm direito a receber a PEP (profilaxia pós-exposição) de forma gratuita e a orientação do uso correto da medicação, que deve ser tomada ininterruptamente por 28 dias, com início até 72 horas após a exposição (o quanto antes melhor), para prevenir a infecção pelo vírus do HIV.

— Isso devia ser gratuito.
— Era. Mas mudou por causa da escassez.
Não interessava. Ninguém ouviu a enfermeira até o fim. Aline voltou a olhar o panfleto.

A pessoa deve ingerir 2 comprimidos diferentes uma vez ao dia por 28 dias, preferencialmente no mesmo horário.

Dobrou e guardou no bolso. Denise abriu a carteira e puxou um bolo de dinheiro sem nem se importar. Sem nem questionar o fato de que estava pagando pela profilaxia do estupro da filha, que deveria ser gratuita, que estava escrito que era gratuita. Mas ela não sabia. Não questionou. Nem olhou os papéis. Pagou porque disseram que era mais um procedimento-padrão do hospital, uma taxa. Eu não disse nada. Também teria pagado. Naquele momento todos estavam sendo terrivelmente solidários. Eu só conseguia pensar no quão absurdo era o mundo. Coisa de doente, disse a enfermeira que nos encaminhou. Não podem ser todos doentes, eu disse. Ela fez que não ouviu. Tinha algo muito ruim que perpassava essas conversas. Pensei no silêncio conivente dos amigos quando um professor foi acusado de assédio, o olhar de reprovação para a colega que o delatou à coordenação. Confrontados com a situação, todos se calaram. A Paula disse que ele era um cara legal. Uma pena se perdermos esse professor, comentaram. Ele continuou lá. Essa mina é louca. Naquele dia concordei com a turma e sentenciei mais uma mulher a viver na ausência da razão. Um dia a gente vira a louca junto com as outras. Consegui mover meus braços e os ergui e coloquei por cima dos ombros dela.

— Quero ir pra minha casa, mãe, desculpa.
— Não, tudo bem. A gente leva vocês.
— Obrigada.
Entramos no carro em silêncio e seguimos do mesmo modo até nossa casa.
— Como se consola uma mãe? — Aline me perguntou.

— Não sei. Eu não tenho muita experiência com mães.
Aline não chorou. Não dissemos nada. O que eu poderia fazer para que aquilo que ela estava sentindo diminuísse?
— Eu só quero tomar banho.
— Vai lá. Quer que eu pegue alguma coisa?
— Não.
— O.k.
— Regina.
— Oi.
— Fica comigo no banheiro.
— Claro.

Passei na cozinha e peguei uma cerveja. Pensei em oferecer para Aline, mas naquele ponto não sabia se seria bom ou mau ou ofensivo ou inadequado, sei lá como viver isso. A todo momento eu tentava ser prática e fugir de uma inércia engolidora. Paranoia veio se aninhar nas minhas pernas.
— Quer um gole.
— Acho que quer. Tu vai beber? Tu fez insulina?
— Sim.
— Tô com muita dor de cabeça.
— Tu pode tomar alguma coisa?
— Eles já me deram no hospital.
— E agora?
— E agora?
— Eu não sei bem o que devo fazer, se falo, se não falo. Desculpa, Aline. O que eu faço?
— Não sei.
— Tu tá bem?
— Não.

Ficamos em silêncio por um tempo.
— Como é bom água quente no corpo, como é bom água, como é bom sentir água no corpo, Regina, é maravilhoso. A pele

limpa, aguada, como planta. Como é bom. Pra não morrer. Até quando a gente vai ter esse conforto?

— Não sei, mas é muito bom.

— Eu não digo que vai faltar, mas talvez fique caro demais pra gente. Talvez tenhamos que pagar muito, talvez ninguém queira prestar esse serviço pra nós.

Aline parecia estranhamente lúcida. Não que não fosse ligada, mas naquela hora achei estranho demais. Naquela noite não morremos. Mas o medo teve que ser relocado, o medo não podia seguir instalado na gente, não podia ser parte do nosso sistema, do nosso dia a dia, ao menos não naquele dia, ou ele duraria para sempre. A gente tinha que desligar o medo ao menos naquela noite, pra poder dormir.

— Regina, ontem mesmo eu vi que o Brasil agora é o país que mais mata LGBTs no mundo.

— Eu vi também.

Depois Aline embarcou num avião, foi embora, foi fazer ciência, foi embora, foi pra longe. Eugênia pediu que eu fosse com ela arrumar o carro batido. E não foi barato. Mas ela não reclamou. E disse que ia trocar de carro. Que o amassado ia ficar ali para sempre mesmo depois de corrigido, ela sabia. Mas tinha que consertar aquilo para vender. Eu disse que entendia. Entendia qualquer coisa que nos ajudasse a atravessar

O trauma

No início não foi fácil fazer as coisas sem a perna, mas com o tempo não era mais um problema. Ela dominava as muletas. E acabava ganhando um dinheiro extra dos turistas no Monserrate. Não que pedisse. Eles apenas gostavam do modo como ela organizava as informações para contar. Achavam interessante como ela conseguia guardar tanta informação. Tantos números. E como tinha aprendido tão rápido a se comunicar em diversas línguas. Sentiam pena também, é verdade. Isso ela não podia controlar. A paróquia fez uma festa e juntou o dinheiro pra realizar seu sonho. Ela sempre falava dos amigos. Dizia que queria revê-los. Dizia que queria conhecer os Estados Unidos.

Não todos os estados dos Estados Unidos, quero dizer. Tenho algumas preferências.

Lupe se comunicava de uma forma particularmente específica. As pessoas gostavam. Era bom para o trabalho que assumiu meio que naturalmente. Só se incomodava quando alguém agradecia com abraços. Não gostava. Seus abraços estavam reservados para as pessoas que amava.

Assim se viu, mais uma vez, embarcando num avião rumo a Ohio.

Rosca e Lena foram buscá-la. Tiveram um choque quando viram o pessoal do aeroporto trazendo Guadalupe numa cadeira de rodas. Ela levantou meio sem jeito por causa do tempo de viagem, e ao vê-los nem esperou pelas muletas. Deixou o cara segurando as muletas no ar. Saiu pulando em um pé só ao encontro dos amigos. Beijou Lena na boca primeiro. Depois em todo o rosto e depois Rosca.

Cadê o Bira?

No carro.

Que bom que tu veio! Que bom nos encontrarmos.

Guadalupe mandou um cartão-postal para um endereço que tinham como fixo: a casa da mãe de Lena. Combinaram de manter contato por lá. Não queriam se perder para sempre no mundo. A mãe de Lena guardou o postal e, ao primeiro telefonema da filha, contou onde Lupe estava, que tinha sofrido um acidente nos trilhos do funicular do Monserrate e que o trauma tinha sido severo a ponto de terem escolhido amputar a perna. Mas disse também que ela estava bem e que tinha saudades. Deu o número de telefone da paróquia onde "trabalhava". No postal, Lupe tinha escrito "trabalhava" assim com aspas.

Telefonaram-se.

A trupe estava nos Estados Unidos, foram convidados por um americano que ficou fascinado com o show da Monga quando esteve no Brasil e quis levá-los aos Estados Unidos.

No carro, todos falavam ao mesmo tempo.

Tantos anos! E agora somos nós quatro de novo!

Dois anos e cinco meses.

Guadalupe disse.

O Mr. Parker tá doido pra te conhecer! Pra conhecer a Melhor Monga de todos os tempos!

O Mr. Parker é o dono do parque? O nome dele é Parker e ele tem um parque?

Guadalupe achou aquilo fortuito e engraçado. Contou sobre o acidente e eles contaram sobre como o Mr. Parker tinha montado uma estrutura fenomenal para o show, que sabia tudo sobre a técnica de Pepper's Ghost, e de como as pessoas iam sempre e cada vez mais e que eles estavam cogitando fazer uma turnê pelos Estados Unidos, de trailer.

Pelos Estados Unidos? Eu posso sugerir as cidades?

Pode! Como nos velhos tempos, só que com um trailer bem melhor.

Guadalupe estava feliz e pronta para ser mais uma vez

Selvagem

A Paula apareceu lá em casa a pé, toda suada, roupa de corrida, e disse que ia embora mesmo, que tinha decidido ir para Portugal, onde umas amigas da universidade estavam fazendo uma comunidade de velhas.
— Comunidade de velhas?
— É. Me livrei das coisas de família, vendi o carro, que o combustível tá pra matar. E é isso. *C'est fini!* Vou picar a mula. Tinha ido resolver questões de inventário com os irmãos. Adiantou a parte dela em dinheiro. Deixou os irmãos com a casa e as tralhas, como disse. Eu fiquei olhando pra cara da Paula e pensei: como ela pode não dar a mínima para os outros?
— Depois tu vai me visitar.
— Eu nem sei o que te dizer.
— Ah, Regina, não, não faz essa cara. Vai dizer que tu quer casar comigo? A essa altura do campeonato, as coisas do jeito que tão? Não seja hipócrita. Tu é uma guria nova. Ainda pode dar um jeito na vida.
— Eu tenho quarenta anos, Paula.

— Então é nova.

A Paula tinha sessenta. Eu tinha uma casa caindo aos pedaços que não conseguia vender por uma série de burocracias que deixei acumular em gavetas e cartórios e que tinham a ver com a certidão de óbito do meu pai e o desaparecimento da minha mãe. A Paula disse que o mais fácil seria passar um trator no terreno e vender o pedaço de terra sem nenhuma história em cima. Como se fosse simples passar um trator no passado. Bem que eu queria. Mas ninguém estava comprando nada e os economistas dos programas de tevê tentavam encontrar palavras novas para descrever nossa situação econômica, assim como os ecologistas tentavam encontrar palavras novas para descrever nossa situação planetária. A única coisa que compreendíamos era que não estávamos indo bem nos rankings do colapsômetro nem nos rankings econômicos. A região sul tinha que pagar uma multa não sei pra quem, ou seria fechada em caráter permanente e nossos governantes deram uma explicação muito estapafúrdia na cúpula nacional do colapso. Não existia emprego pra todo mundo, a pobreza e a miséria tinham chegado à taxa máxima da série histórica e eu era uma mulher de quarenta anos solitária que estava levando um pé na bunda, enquanto para o mundo não fazia a menor diferença como eu me sentia naquele exato momento. O mundo poderia colapsar bem ali, morrer não seria uma coisa ruim. Falar com a Paula sempre me lançava num redemoinho de pensamentos torpes. Eu podia estar ajudando quem precisava de verdade. Poderia ajudar a dona Norma. O pessoal do bairro. Fazer a bosta da horta que pensei fazer atrás da casa. Uma horta comunitária. Qualquer coisa. Mas pra quê? Morrer? E quem ia ficar com a Paranoia? A Eugênia e a Denise? Certamente. E ficariam também com a Culpa, animal novo que moraria com elas, trazido pela Paranoia. Meu couro cabeludo ardia, eu suava. Confusão mental. Sentimental. Paranoia. Paranoia não tinha morrido? Consegui articular umas palavras.

— Que bom, Paula. Legal. Eu acho ótimo, que bom mesmo, vai fazer o que aqui, afinal? Nessa merda, velho só tá esperando pra morrer, como tu mesma disse. Sem aposentadoria e com os preços dos remédios lá em cima. Aliás, licença que eu tenho que ir ali fazer a minha insulina e depois preciso ir na puta que pariu buscar mais, que me avisaram que chegou, e se eu não for logo acaba.

— Para, Regina.

— Não, eu tô falando sério, acaba mesmo. Tu sabe que tá tudo em falta. É uma luta pra conseguir. E o preço que a gente paga pro teu "agente segurar o medicamento"... É assim que eles dizem.

— Respira, tu tá suando. Vai fazer a insulina. Tua voz tá até travada. Respira.

— É porque eu tô com raiva, Paula. Não vem com a tua merda iogue pra cima de mim. Eu queria ir embora também, mas pra onde? Eu não tenho ninguém fora daqui. Eu não tenho ninguém aqui. Eu não tenho como sair. Eu nem posso.

— Não seja ingrata.

— Não tô sendo ingrata. Eu sei que eu tenho a Denise e a Eugênia, se eu precisar de qualquer coisa prática elas vão me ajudar. Tu que vai embora. A Aline já foi. Paranoia eu não sei por onde anda. A Tânia vai fechar. Quem sobrou? A Denise e a Eugênia são aquelas que dizem que crise serve pra criar, para sermos criativos. As pessoas tão morrendo. Não tem mais comida no mercado. Não tem mais abelha e a gente é que vai ter que pagar essa multa embutida na conta de luz. Tu viu? E tu sabe qual foi a preocupação da Denise? Comprar mel antes que falte. Pra pôr em cosmético. Quem é que tá preocupado com passar coisa na cara quando o mundo tá do jeito que tá? Todo o mundo, segundo ela.

— Não seja dramática. Já passamos por coisa muito pior e tudo deu certo. Estamos aqui ainda.

— Não seja ingrata, não seja dramática, não seja pessimista, não seja hipócrita, o que mais? E onde foi que as coisas deram certo? Isso aqui é dar certo? Essa merda é dar certo? A gente por acaso deu certo? Não, Paula. A gente não deu certo.

— Eu fodi tudo, né, minha querida?

Responde!

Eu preciso pensar um pouco, porque eu não posso dizer que vou ficar para sempre, entende, o que quer dizer para sempre? Eu não posso prometer, porque não faz sentido. É como as pessoas que compram uma coisa cara e dizem que aquilo vai durar pra sempre, não vai. Elas dizem isso pra se livrar da culpa de terem comprado algo caro. O que eu também não entendo. A culpa, quero dizer.
Sim, Lupe, mas não é isso.
O que é então?
Eu quero saber se tu pretende ficar com a gente agora ou se já tem outros planos.
Eu pretendo ficar com vocês agora, mas tenho muitos planos. Alguns eu sei que nunca vou concretizar, mas planos são do campo da imaginação também, então eu posso ter planos mesmo sem realizá-los, muito embora prefira quando eles se tornam reais. Tu pode ter planos também. E o Bira e o Rosca e o Mr. Parker, que eu acho que tem muitos planos. Ele tem cara de quem tem planos pra ele, pra Mrs. Parker, pra filha deles, até pra nós.

Lena riu porque sentia falta daquelas conversas estranhamente boas com Lupe. Sentia um grande alívio por saber que a amiga estava bem. Sem uma perna, mas bem. Viva. Sentia-se feliz porque ela não tinha mudado. E se questionou se ela própria não havia mudado um tanto, por isso aquela conversa se tornou

Silêncio

Fiquei muito tempo quieta, olhando o vazio que se projetava para o futuro. A Paula voltou lá em casa. Abri a porta e ficamos nos olhando. Até que ela me abraçou. Ficamos um tempo ali. Meio pensando em tudo, meio sem pensar muito em nada específico, só deixando as coisas nos atingir.

A Paula ficou. Naquela noite apenas.

— Finalmente tu veio usar essa merda de travesseiro da Nasa que eu paguei caro pra caralho pra tu dormir aqui de novo e não ficar com a cervical travada.

— Obrigada. É ótimo. Tu usa ele?

— Não, eu odeio, é muito alto pra mim.

— Não, eu tô falando daquilo ali na tua estante.

Tinha um caralho gigante em cima da estante. Não era meu. Era da Divine. Ao lado dele ficava a máscara, mas ela tinha caído atrás do móvel quando batemos na parede. O caralho tinha uma ventosa. Deve ter balançado, mas não caiu.

— Ah, não. Aquilo é... um trabalho.

A Paula ia embora mesmo e eu não precisava contar nada

pra ela. Só que ela me olhou como quem precisava de mais informações. Como quem queria entender aquilo.

— Eu tô fazendo uma coisa nova. Cansei de ficar fazendo bico no bar da Tânia, de ser babá, de fazer tradução a cada morte de papa e ter que ler e-mails e atender ligações das pessoas reclamando que é muito caro, e baixar o preço e a calça todas as vezes. Agora só baixo a calça mesmo.

Paula se sentou na cama com cara de quem implorava por uma explicação com um encadeamento de palavras que fizesse um pouco mais de sentido, mas aquilo não era o meu forte. Por um momento vi os olhos da Paranoia brilharem atrás do móvel.

— Tu te importa de explicar melhor?

— Tá, Paula. Eu tô fazendo um trabalho de câmera, de me mostrar na câmera pras pessoas, e aí elas pagam pra eu fazer algo só com elas. Shows e tal.

Ela continuou com a mesma cara, só que mais esticada, e disse:

— Com o dildo?

— Ah, é que eu tenho uma personagem... — respirei como se fosse mergulhar fundo num pântano sem saber direito quando poderia voltar à tona. — Ela é uma dominadora, mais ou menos isso. E o dildo é pra — respirei a água, a vegetação e a lama toda, e quase me afoguei com o que eu disse — impor respeito e incitar medo nos espectadores.

Paula continuou exatamente do mesmo jeito, e, se eu não soubesse que ela era uma pessoa e que estivesse viva, poderia dizer que era uma estátua, uma boneca inflável com a boca redonda de espanto. Até que coçou a testa. Puxou o lençol para o lado e começou a tatear em volta, atrás de suas roupas.

— O que foi? Tu vai embora?

— Eu não sei o que fazer. Tu não ia me contar sobre isso?

— Qual é a diferença? Tu vai embora, cara.

— Sim, mas e se eu não fosse, se qualquer outro cenário...
— Paula, a gente tem ou teve alguma coisa séria? Algo que pudéssemos nomear? Algum compromisso? Tu quis alguma vez? Ou isso apareceu agora porque tu tá indo embora ou porque eu — ela interrompeu.
— Não, mas — eu interrompi.
— Não. A resposta é não, porque tu nunca quis, nunca deu brecha, nunca demonstrou interesse em ter algo, nunca nada.
— Sim, mas é porque eu sempre pensei que... Bah, Regina, tu é nova, tu vai entender quando tiver a minha idade. Sei lá, eu não queria te fazer se sentir presa em mim ou em algum relacionamento de obrigação, entende?
— Sim, eu entendo. Eu entendo muito, e é por isso que, apesar de ti, a gente continuou se vendo, mas agora tu quer me cobrar um comportamento que eu nem sei qual é? Em uma relação que existe em interstícios?
— Não, mas não é isso. Eu não tô com ciúmes.
— Não?
— Não. Mas te coloca no meu lugar. Tu não acharia estranho, no mínimo, tu não ficaria um pouco chocada, tu não...?
— Sim.
— Pois é... eu não sei o que te dizer nem o que fazer aqui. A gente sempre tenta pensar nas coisas e nas pessoas, mas aí, quando acontece com a gente, é difícil. Agora tu é prostituta então?
— Não sei.
Eu era? Eu era.
— Fica hoje, por favor. Eu tô precisando de uma noite tranquila em que eu não pense em morrer.
Paula me olhava. Também tinha mergulhado no pântano. Também tinha o peito cheio de lama.
— Tá.

Deitou de novo. Eu deitei também. Me abraçou.

Começamos a nos beijar. Eu já tava molhada, eu tava molhada o tempo todo, em todos os lugares, completamente úmida, morrendo de vontade de transar e de chorar, de me desaguar inteira e sumir pelas frestas do chão. A gente transou e chorou, e morremos as duas diversas e simultâneas vezes, e nos desaguamos pelas nossas frestas. Matamos uma à outra, matamos nossas vontades, e tentamos matar qualquer coisa que não pudesse existir apenas naquele momento.

No meio da noite, as duas sem dormir, ela perguntou:

— Como é que acontece?

— O trabalho?

— É.

— É estranho. A primeira vez foi

Como uma primeira vez mesmo

Acho que nem eu nem o cara sabíamos o que estávamos fazendo. Para minha sorte, peguei um iniciante, acho. Ele perguntou se eu podia tirar a máscara. Eu disse que não. Era difícil respirar atrás daquele pano, daquele pelo, daquela borracha toda. Ele disse que seria mais fácil sem a máscara. Problema dele, eu pensei, mas apenas argumentei que se ele tinha escolhido pela foto e pelo perfil, se tinha visto o show na sala compartilhada e tinha escolhido um privado, sabia da máscara, da humilhação, sabia de tudo.

— Não sei usar direito isso aqui, é a primeira vez que... bom, imaginei que depois você pudesse tirar, sei lá.

Balancei minha cara de gorila em negativa. Ele riu. Perguntei se queria continuar. Ele olhou pra baixo e disse que sim. Mandei parar. Ele parou. Depois falou que era do interior de São Paulo e perguntou de onde eu era. Eu apenas respondi que era do Sul.

— Sul.

Aquela vasta terra fria chamada Sul. A voz saiu abafada. Ele chutou algumas cidades, continuei balançando a cabeça, não acertou. Grunhi. O sutiã me apertava um pouco na dobra do braço. Marcou uma tira sanguínea que só descobri horas depois. O suor do dia escorria pelas minhas sobrancelhas. Sempre suo muito na cabeça, e o calor não tinha por onde escapar. Eu estava um pouco tonta, e o cheiro do meu hálito de álcool preso dentro da máscara me deixava quase que num estado de graça. Bom que estivesse. Sugeri que começássemos logo, assim bem seca. Queria aproveitar o efeito da vodca que eu tinha tomado justamente para aquele fim. Ele disse que não sabia direito como e repetiu que era a primeira vez que estava tentando aquilo. Tudo bem, eu disse. Melhor falar pouco, o menos possível. Eu me levantei e fiquei de costas para a câmera. Pelos buracos dos olhos toscamente cortados da máscara, olhei para as paredes do meu quarto, os livros, os quadros, o desejo meio amputado, passado, impedimento. Aline longe. Paula longe. Atravessei o tempo. Não tive muita escolha. As contas, os planos. Não quis ter que escolher, fui ficando nas paredes. Lotadas. Talvez uma vontade enfeitada, talvez coberta. Meu pai morto. Minha mãe. Pousei a mão na estante e desci devagar. Eu queria mesmo ir embora. Aline tinha dito pra eu ir com ela. Não fui. Não dava. Com que dinheiro? Não dava para ficar olhando pra trás também. Havia um oco.

— Divina?

Eu não tinha a menor ideia do que estava fazendo. Botei as mãos na cama e empinei bem a bunda. Virei a cara pra tela.

— Divaine — corrigi, e a voz saiu bem direcionada desta vez.

Ele disse que minha lingerie era muito bonita, disse que eu ficava muito gostosa. Usou a última palavra como se nunca a tivesse usado, exceto para descrever uma torta. Eu assenti com a cabeçona de gorila.

— Eu me separei faz pouco e faz tempo que não saio com ninguém, faz um tempinho que não...

Deixei o cara falar e me sentei na cama com as pernas cruzadas. Ele disse que desde a separação não tinha conseguido sair com ninguém e que os amigos tinham recomendado o site. Eu pensei que alguns meses não tinha nada de desesperador. Pensei também que mais uma bebida cairia bem e que era muito triste que as pessoas chegassem a ponto de se confessar com estranhos vestidos de animais pela internet. Mas era isso a humanidade agora. Era isso a civilização. Hesitei uns segundos. Não sabia se deveria continuar naquela direção. Ergui a mão espalmada para a câmera.

— Pare. Não me conte sua vida.

É triste demais.

Me olhou como olha um cão bassê. O homem não estava desesperado por sexo. Quando entrei para o site, depois do minicurso grátis, que na verdade era um módulo inteiro que depois seria descontado dos meus ganhos, depois de ler os textos sofríveis da apostila virtual, depois de ter assistido à *live* do mentor, eu imaginava que, quando a câmera abrisse pela primeira vez, eu veria um tarado babando e batendo punheta, querendo meter o pau em algo ou alguém. Mas não. Era um homem de mais ou menos uns quarenta anos, minha idade. Não era feio. Não era bagaceiro. Era frágil. O que tornou as coisas mais difíceis. Preferiria o raso, o perverso. Preferiria lidar com a superficialidade da libido, com a pele e a carne. Mas ele queria conversar. Insistiu que eu tirasse a máscara, eu disse que não e ameacei encerrar a sessão. Por que escolheu meu perfil? Por que optou por uma foto onde uma mulher com máscara de gorila segura um caralho de borracha? Ele ficou em silêncio e ligeiro desviou seus olhos de cão da tela.

— Quantos anos você tem?

Expirei irritação.

Lembrei do *chatroulette* e de todas as pessoas estranhas por quem tinha passado com um dedo no *Enter*. Rolavam pela minha cabeça as imagens que vi por um ou cinco segundos, imagens de pessoas com quem não fiz sexo e com quem não troquei nada além daqueles cinco segundos. Mulheres e homens ordinários, casais, grupos, paus e bocetas sem rosto, em close-ups indigentes. Aprendi a deixar a câmera posicionada de maneira que vissem algo de mim, mas não eu toda. Um fragmento específico escolhido para a ocasião. Naquelas noites, às vezes, eu era a coisa desesperada que aparecia na tela dos outros.

Coloquei a mão dentro da calcinha e grunhi para que ele me observasse. Simulei um gemido. Me aproximei da câmera. Um close-up genial. A carona fora. Extraí da minha memória fílmica a mais pura má interpretação de papéis. Gemi um pouco mais alto. O homem imediatamente colocou as mãos onde eu não podia mais ver. Continuou sem olhar para a tela, ainda cabisbaixo.

— Eu quero ver — eu disse, lançada aos anos de *chatroulette*.

Ele ajeitou a tela e eu passei a ver o pau, mas não mais a cara. Ele parou, afastou a cadeira da mesa e posicionou a câmera onde eu podia ver as duas coisas. Fiz o mesmo. Me escorei na cabeceira e deixei o notebook entre as pernas. Continuei fingindo. Observei a casa dele. Parecia tranquila. Uma casa em que a classe média tinha sobrevivido. A classe média era a grande sobrevivente. Abaixo dela: a morte. Miséria, matança institucional, suicídio. A classe média era o *nouveau pauvre*, sofrendo de tudo o que a maior parte da população já tinha passado. Ou não. O sol batia na persiana que estava baixa, mas não o suficiente para impedir que tudo ficasse salpicado de sol.

— Tira a calcinha pra mim.

Parei tudo e botei o carão de gorila na câmera.

— Quer dizer, por favor, você pode tirar a calcinha pra mim?

— Quando eu quiser.
— Certo.
Tirei logo.
Eu suava muito. Sentia o rosto encharcado. Fiquei pensando meio vazia, ouvindo a respiração do homem. Esfreguei a outra mão no corpo, fechei os olhos. Senti meus dedos contra minha carne, entre os dedos, as formas. Texturas avermelhadas. Continuei me masturbando e percebi uma coisa terrível. Não era só o meu rosto a se encharcar. Travei. O homem gemia mais e me chamava de gostosa, dizia que queria me comer todinha. Dizia desajeitado, com vergonha e tesão. E eu me senti novamente uma torta. Deixei as coisas vazarem, passarem pela minha cabeça. No fim, não foi o homem, não foi a situação, eu nem sabia o que era, mas eu estava excitada. Engoli a seco a minha culpa. Engoli a seco o meu fascínio com o que acontecia.
Engoli a minha enorme perturbação.
O cara gemeu mais alto eu enfiei mais dedos contra a minha carne. Não era nem bom nem ruim. Me abandonei. Abri bem as pernas. Continuei me tocando ritmadamente. Senti que iria gozar. Ele gemeu mais e mais. Os olhos vermelhos, cheios d'água, as veias saltadas no pescoço grosso. Soltou um longo Ahh, cheio de catarro e desespero.
Segurei minhas pernas, tremi e gozei. Gozei olhando para o teto, me sentindo bizarra, fora do corpo. Fazia muito tempo que eu não gozava.
Ele tossiu.
O sexo nos escapa.
Virei a cabeça de lado, encarando uma das paredes cheias vazias. Eu quero tanto ir embora daqui.
Então me sentei na cama. Cheguei perto da câmera ainda com as pernas abertas, o notebook alienígena no meio. Se fosse

o *chatroulette*, agora eu apertaria o *Enter*. Ele, silencioso, se limpava com a camiseta. Estava obviamente constrangido.

— Posso desligar? — ele perguntou ainda pigarreando.

— O.k.

Se aproximou da câmera e tudo se foi.

Baixei a tela. Tirei a máscara. Cara escorrendo água. Corri os olhos por mim. Escorrendo água. Andei até o banheiro. Deitei mais água sobre o corpo. Fui tirando a renda, a cinta, as fitas e o sutiã, fui tentando me convencer de que tirava também uma segunda pele, uma pele que não era a minha. Divaine, eu a deixava no chão do banheiro. Usada. Duplamente usada. Lembrei do banho de Aline, de Aline dizendo como aquela água era boa. Nem toda a água do mundo me deixaria limpa. Nem toda a água do mundo me salvaria. Nem toda a água insalubre e contaminada por todos os venenos e agrotóxicos cobririam a sujeira que eu via em mim. A garota mais suja. Encarei o azulejo.

Mas será mesmo que o que eu queria era limpeza e

Salvação

Bossa nova. Assepsia. Corredores bem iluminados. Era o paraíso. Ali não existia colapsômetro, apenas abundância. Mas custava caro. E precisava dirigir dez quilômetros. Denise me chamou para ajudá-la no mercado. Eu fui. Precisava me desconectar um pouco da Paula. O mercado sobrevivia dentro dos muros de um condomínio que emulava um pequeno paraíso no meio do caos. Eu me lembrei de um livro que tinha lido havia alguns anos. *Visite o decorado*. Gente que se mudou para um condomínio e depois teve que fugir. Gente negra, acossada pelos demais moradores. Gente como Denise, que agora escolhia tomates. Aquele cenário me assustava, me assustava que aquilo pudesse existir no meio de todo o caos. Denise apenas escolhia tomates maduros. Ao apalpar um deles com um pouco mais de força, sentiu o caldo e as sementes escorrerem por seus dedos cheios de anéis enormes e dourados. Fazia questão de deixá-los bem visíveis, especialmente naqueles supermercados com câmeras e vigilantes por todos os lados. Deixou o caldo escorrer até a metade do braço, depois da pulseira na qual recolhia memórias e momentos marcantes. E lambeu. O velho que escolhia mangas a reprovou. Ela chupou a miniatura da Torre Eiffel. Eu ri. Ela nem viu. Furei outro tomate com o indicador. O dedo atravessou a viscosidade morna da fruta, arrastei a unha em seu interior rugoso. Na outra mão, olhei minhas unhas bem curtas. Denise também olhou o caldo do tomate que ainda se acumulava entre os dedos dela. Eu tinha essa teoria de que boceta tinha gosto de tomate. Não era bem o gosto do tomate, era mais a persistência, a acidez sobre a língua, a memória da textura, as rugosidades, o caldo no interior. Um tomate no sol, aberto, maduro, vermelho-vivo.

Era bem aquele o gosto.

E me lembrei da primeira vez que tinha chupado uma mulher. Lembrei da língua a favor da maciez marítima da mucosa, leves ondulações, a quentura eterna, caudalosa e a vontade de conhecer o mundo inteiro ali. A seguia por uma lisura livre. Fechei os olhos por um segundo e quando abri pensei ter visto alguém conhecido, alguém com quem eu não gostaria de ter que conversar.

— Vamos, Denise?

— Eu acho que vi a Lu. Mas tá tão diferente que nem sei se era ela.

— Acho que não era. Vamos, por favor, a pessoa que segura minha insulina só fica até as cinco.

— Tá bem. Só vou pegar uma carninha. Tu tem dinheiro pra pagar os medicamentos?

— Acho que tenho, se não tiver aumentado.

Denise abriu a carteira. Era o jeito que ela sabia e podia resolver as coisas.

— Toma.

— Não precisa.

— Precisa, sim. Fica tranquila.

Botei o dinheiro no bolso e agradeci. Eu estava mesmo

Quebrada

Na frente do espelho, meu corpo não era mais o mesmo. Examinei minhas olheiras, meus olhos pareciam poços tão fundos que não era possível verificar se alguma coisa dali de dentro poderia emergir. Paula tinha esquecido um casaquinho de malha no cabide. Dava pra sentir de longe o perfume dela. Fui chegando perto do espelho, encostei a testa no reflexo da minha testa e soltei ar pelo nariz. Meu rosto se escondeu atrás da umidade.
Abri a boca. Colei a boca no reflexo da minha boca.
E berrei.
Longa e continuamente. Até a voz, sem reflexo, escapar pelo lado da boca.
Saí de todas as redes sociais e joguei o computador na gaveta dos cabos, depois que subiu no monitor mais uma daquelas notícias horrendas: sites que incentivavam a perseguição, o estupro e o extermínio de mulheres lésbicas e homens trans pululavam na internet e mais uma vítima havia sido encontrada morta. Era um jogo e tinha uma tabela bem específica de pontuação. Não era a *deep web*. Tava ali, acessível. Alguém já havia nos

alertado. Não era preciso criar aquele espetáculo, reencenar a morte com todos aqueles detalhes, pensei enquanto lia a notícia, enquanto meus olhos seguiam as linhas da matéria meio que por inércia, por alguma força bizarra. Era um jogo com milhares de participantes espalhados pelo mundo. Um jogo. De matar. Com pontuação e ranking. Tinha começado na Hungria e na Polônia. O que está acontecendo? Só mais uma notícia aleatória e tão imprescindível, tão incontrolável banalidade. Estava lá com comentários e emojis. Não li.

Do lado de fora da janela, o sol continuava brilhando, alheio às tribulações humanas. Pensei ter ouvido alguém tocar a campainha. Paranoia me olhava pela fresta da porta dos fundos. Corri para tentar pegá-la em flagrante. Gata estúpida. Se fingindo de defunta. Abri a porta e ela não estava lá. O leite no potinho cheirava mal. A cor era marrom. A ração tinha diminuído. Havia uma ratazana no meio do canteiro abandonado, tomado de ervas daninhas. Nos encaramos,

Condescendentes

O sol de julho em Miami era esplendoroso. Lena e Lupe estavam sentadas sobre suas toalhas na areia, olhando o mar.
Eu nunca vi uma água tão azul.
Vamos entrar?
Vamos.
Abandonaram bolsas, toalhas, revistas e correram para a água.
Ao voltarem para a areia, encontraram Bira, Rosca, Mr. e Mrs. Parker e a filha com um bolo cheio de velas, velas demais, Guadalupe percebeu, e retirou três antes de assoprar.
Finalmente sabemos a sua idade!
O plano funcionou.
Trinta e dois.
Fez uma pausa.
Regina deve ser uma mocinha já.
Todos ficaram em silêncio. Aquele era um assunto sobre o qual evitavam falar.

What did she say?, Mrs. Parker perguntou com um sorriso bobo no rosto, querendo decifrar o desejo inexistente.

Nothing.

Os três responderam juntos.

Guadalupe começou a abraçá-los um por um. Quando chegou no Mr. Parker, ele disse:

I've got something for you. Una supresa.

Mr. Parker misturava algumas palavras do espanhol com português sem saber qual língua era qual. Todos entendiam, ninguém reclamava. Só a filha.

Dad, it's embarrassing. Você tem que aprender português.

I know. Estoy aprendendo, mira! Hablo perfeito, daughter.

Começaram a juntar as coisas para ir comer alguma coisa num restaurante que tinham reservado numa parte chique da Ocean Drive.

Estavam todos rindo, quando viram um monte de gente aglomerada na frente de um casarão com portões de ferro que pareciam muito pesados. Mr. Parker perguntou se alguma coisa tinha acontecido, ele sabia quem morava ali, era alguém importante. Bira, Rosca, Lena e Lupe continuaram rindo e falando alto até que foram engolidos pelo bloco pesado de silêncio que havia diante da casa, quando Mrs. Parker falou:

It seems... Gianni Versace has been shot... dead.

Havia terror em sua expressão. Ela continuou:

The killer is on the run.

Amanda, a filha deles, traduziu o que todos já tinham compreendido pelas pessoas que fotografavam uma poça de sangue ainda vivo na calçada.

Não era o costureiro da Madonna?

Mr. Parker respondeu que sim e, com uma cara preocupada, adicionou a informação de que ele era gay, que era uma

pena aquilo ter acontecido, mas que certos eventos poderiam ser evitados pelo tipo de conduta que se tem.
Amanda traduziu.
Os quatro franziram a testa, mas não disseram nada. Perderam o apetite e pediram para ir direto ao parque. Antes, Amanda sugeriu que todos tirassem uma foto ali, para marcar a coincidência de estarem no local bem naquele dia, naquele momento. Pediu licença a um passante e juntou os seis para o instantâneo. Congelados naquela cena. Caras condescendentes.
Quando a foto ganhou cores, viram que o rosto de Lupe havia saído desfocado porque ela olhou para alguma coisa que se movia atrás da máquina. Não quis ter sua imagem naquela cena, preferiu o borrão, ela contou depois só aos amigos.
Ficaram todos um pouco sem estômago quando Mr. Parker fez o comentário sobre a conduta que se tem. Entre eles não havia sentimento de posse e não havia impedimentos para o amor. Não se poderia dizer quem eram os casais, embora Mr. e Mrs. Parker pensassem que Lena e Rosca fossem um e Lupe e Bira, outro. Amanda desconfiava um pouco. Tinha uma curiosidade adolescente e essa curiosidade a fazia se materializar nas horas e nos lugares menos apropriados. Um dia achou estranho que Rosca estivesse com a cabeça deitada na coxa de Bira e no outro achou estranho que Bira tivesse dado um beijinho em Lena, mas não comentou nada. Quando traduziu seu pai falando sobre eventos e condutas, fez questão de lançar um olhar grave para os quatro e segurar bem o crucifixo da correntinha que carregava sempre no pescoço. Depois chamou todos para o registro do terrível.
Mais tarde, se ocupavam com seus afazeres. A cabeça ainda na praia, na poça de sangue.
Have you tried it yet?
Mr. Parker apareceu na porta do trailer.
Eles ainda não tinham visto, mas a família havia comprado

uma prótese para Lupe. Ela vestiu a perna nova. Abriram latas de cerveja e sentaram todos ali, ao redor do trailer. A noite estava agradável. O calor tinha arrefecido.
É estranho.
Caminha pra gente ver.
Yes, take a walk! Camina.
Lupe andou pelo gramado com um pouco de desequilíbrio, mas logo chegou à calçada pavimentada, depois à rua, ultrapassou a cerca viva do vizinho, e assim seguiu.
Where is she going?
For a long walk, I guess, Lena respondeu com um sorriso.
For a long walk?
Mr. Parker riu muito, a mulher e a filha também, e depois disseram que era melhor que alguém a acompanhasse.
Lena se ofereceu, passou a mão em sua bolsa e saiu atrás da amiga.
She has not seen the new Monga costume yet!
Os presentes não tinham acabado. Dentro da tenda do show, sobre o tablado, repousava inerte a nova fantasia. Era muito mais real, a cabeça, muito mais bem-feita. Mostrou aos homens. Eles se animaram. Disseram que era a melhor fantasia que já tinham visto e que com certeza fariam o melhor show com ela.
É bem real. Very real! It was not made by Versace, you see — e riu um haha pausa haha — but it is pretty good! Pretty good! Muy bueno.
Ninguém se importou com o que ele disse.
Eu já tô vendo hoje à noite a gente dizendo bem-vindos e bem-vindas, senhores e senhoras, welcome everyone, this is

O show da Monga

Depois que a Paula saiu, tomei seis *shots* de vodca. Bebi para borrar um pouco aquela conversa do dia anterior. Botei a roupa. Me olhei no espelho. Da porta. Inteira. Me olhei todinha. Soprei o ar mexendo a língua, soprei o ar enchendo as bochechas, balancei a cabeça. Berrei vogal longa e purgatória até ficar sem ar, até meus olhos esbugalharem. Olhei mais uma vez a lingerie preta de renda, a blusinha de cetim por cima do corset, a alça me apertando ainda e eu sem conseguir aumentar a extensão. Tirei do braço, tentei puxar com os dentes a pecinha de metal. Nada. Vesti novamente. Coloquei a máscara. Deitei na cama. Pensei mil vezes em um segundo se queria mesmo levar aquilo adiante.

Liguei o computador. Loguei. O site marcava cinco pessoas na sala de espera. Dei um soco na parede e minha mão inchou.

Liguei a câmera.

Posicionei. Fiquei lá parada.

Um cara chamou para um show privado. Trinta e poucos anos. Caio, me disse o nome com o pau na mão.

— Você é grande.
— Sou enorme — respondi meio sem pensar —, sou maior do que tu pensa.
Ele riu.
— E o que tu vai fazer pra mim?
— Eu vou te quebrar.
— Vai me quebrar como, gostosa?
— Tu nem consegue imaginar.
— Tira a roupa pra mim.
— Tira tu. Quero ver teu corpo.

O cara tirou logo tudo. Comecei a me masturbar. Baixei a calcinha e cheguei bem perto da câmera. Nunca tinha sido daquele jeito. Era sempre uma dancinha. Coisas estranhas e aleatórias, às vezes terminava em sexo, outras vezes, não.

— Quero sentir o gosto dessa boceta aí.
— Vem aqui me pegar. — Virei de bunda pra câmera.
— Eu vou.

O cara começou a arfar rápido.

— Vem me pegar com esse teu pinto zoado, vem tentar me comer com esse pau mole que tu tá tentando fazer subir desesperadamente. Vou adorar te ver de quatro aqui na minha cama — me virei com o caralho na mão —, quero enfiar isso aqui no teu cuzinho e te fazer gemer que nem um cachorrinho no cio. E tu vai amar.

Eu nem sabia como aquelas palavras estavam saindo da minha boca. Ele foi meio que parando de arfar. O movimento do braço foi ficando lento e a cara dele foi mudando de excitação para desapontamento.

— Não. Espera. Não sei se eu dei a entender que gostava de...

— Dominação? Claro que não. Tu não gosta. Tu gosta de comer putinha, como tu disse, né, lindo. Quer me comer?

— Quero. Isso. Isso. *Eu* quero comer *você*.
— Mas com essa coisinha aí? Tadinho, sozinho em casa, batendo punheta na internet, escondido da mãe, da mulher, da filha? Nã nã ni nã não. Mamãe não vai chegar, a tia promete.
— O quê? Eu não...
— Eu não o quê, murchinho? Mocinho, se eu enfiar isso aqui na tua boca — e ergui o dildo — tu vai ficar mais feliz? Enfiar isso aqui até o talo na tua goela, hein? É uma delícia. Abre a boca.
— Eu não. É que eu acho que você não entendeu.

O cara estava desconcertado. Foi ficando com a cara meio vermelha enquanto eu falava. Achei que ia começar a me xingar, a ficar violento, então eu ri. Ri muito. Ri de nervosa, de medo, de nojo, de louca que eu estava, ri de raiva e falei, falei, falei um monte de merda, nem sei direito. Ele arregalou os olhos e se levantou atrapalhado, derrubou alguma coisa que estava na mesa dele e desligou a câmera. Só que o som continuou.

— Porra. Desgraçada. Filha da puta. Eu vou matar essa vagabunda. Puta da porra. Vagabunda. Eu vou matar. Eu vou conseguir o contato dessa puta no site, saber onde ela mora e acabar com a vida dela, vagabunda. Puta. Morre. Puta. Se eu te pego, eu te mato, vadia.
— Puta não é ofensa, lindo.

A voz era grossa e arranhava a garganta. Depois do último puta eu só ouvia berro e coisa batendo e pensei que ele ia ficar mais irado quando soubesse que o microfone estava ligado, que ele ainda estava conectado na sala e que o pagamento continuava rolando. Pensei em avisar, mas naquela hora eu também estava com medo. As palavras foram ficando impedidas, sobrepostas por grunhidos, o som da raiva sumindo, e então ele começou a chorar. O homem começou a chorar. Chorar. Desconectei na hora em que um berro estranho voltou com um barulho que pareceu um murro na mesa.

Meio anestesiada e sem saber direito o que fazia, entrei na sala e outro cliente já tinha me chamado. Aceitei sem nem pensar. Eu era um monstro, uma monstra, queria sangue e destruição. Queria assombrar, fazer chorar.

Fiquei o tempo que consegui de costas e mostrando a bunda. Quando me levantei, apalpei o caralho de borracha que estava usando.

— Que merda é essa?

— Meu pau. Vou comer esse teu cuzinho de macho viril. E tu vai amar, porque é uma delícia.

— Tu é veado, caralho?

— E se fosse? — Joguei o pinto pra cima. — Importa o que eu sou? Mostrei a boceta bem aberta.

— Não gosto de pau. Gosto disso aí que tu tá me mostrando. Gosto de combinar as coisas também. Não é porque te escolhi e tu tem uma máscara que temos que ignorar o que tá escrito ali no site: combinar.

— Então se a gente combinar de eu comer teu cu, tu me dá? Me dá bem quietinho?

— Não. Que porra é essa? Não é isso que eu quero. Eu vou desligar.

— Não! Desculpa, o que tu quer?

— Eu quero que tu mande eu fazer coisas que eu aceito.

— Tá bem, então começa enfiando teu dedinho no cu, pra ir acostumando.

— O quê? Tá caro demais pra ser essa merda.

— Tá dizendo que não, mas tá querendo. Eu sei que tu tá querendo. Por que é que tem homem com medo do próprio cu? Me explica?

O homem fechou a cara.

— O que aconteceu? Ficou triste? Ficou tristinho? Pequeninho, coitadinho. Ficou sem ânimo.

Eu nem sei de onde eu tirava tanta merda pra dizer pros caras. Esse era um senhor, meio careca, cara de pai de família. Cara de pai de alguém. Não sei. Eu me senti em parte culpada, em parte intoxicada. O cara desligou.

Tentei entrar na sala de novo, mas o site dizia que eu estava suspensa porque tinha acontecido uma reclamação que seria averiguada. Me sentei. Não sei quanto tempo passou até a tela escurecer e ficarmos apenas eu e meu reflexo na casa

Imóveis

Lupe é a Monga. Está pulando na grade, contra a grade. Balançando para a frente e para trás, de um lado para o outro. Brincando com o equilíbrio da perna. Urrando para a gente que começa a correr para fora do recinto. Batendo na própria cabeça. Batendo forte na própria cabeça, urrando. Autoflagelação. Atitude motivada pelo sentimento de culpa ou insatisfação. Punição ou forma de aliviar a dor. Purificação dos pecados. Catarse. Todos fugiram. Lupe ri dentro da fantasia. Os sons do mundo todos abafados. As luzes amenas. Sempre tem a sensação de que o mundo fica menos áspero dentro da fantasia. Vestindo aquela brutalidade reativa. Lupe é a Monga, a mulher selvagem. Na plateia há uma criança. Despercebida. Bem no canto da grade, olhando. Fascinada. Lupe a encara através da cabeçona. A criança a encara também. Fascinadas. Lupe vai se agachando perto da grade. A criança chegando mais perto. Lupe estende a mão peluda, a mão dita errada, imprópria. A mão dita não civilizada, dentro da qual sua mão real se sente tão mais à vontade. A criança vai estendendo a sua mão pequenina.

Se tocam. Lupe resfolegando. Ambas de olhos cheios. Imóveis.
Lupe bufa. A criança treme. Não recuam. Nunca se afastam. É
uma silenciosa

Investigação

— O quê?
— Sim.
— Mas e tem motivo?
— Aí é que tá, Regina, eu não sei. A Denise não deixa ninguém ver nada das coisas da empresa.
— Mas não faz sentido.
— Não, mas, não sei. A gente paga as coisas da Aline no exterior e tem os carros, os imóveis, imagina se alguma coisa estiver errada.
— E tu já falou com a Denise?
— Eu tentei falar, mas ela ficou irritadíssima porque eu estava desconfiada. Disse que não aceitava desconfiança minha, Regina. Pegou o carro e saiu, aí eu vim aqui, eu nem sei o que fazer.
— Tá, mas eu ainda não entendi. Qual foi a acusação?
— Que os produtos tão adulterados.
— Adulterados?
— É. Que o mel não é mel, que o veneno não é veneno,

que tem que ter uma quantidade mínima de sei lá o quê, mas não tem. Eu não sei direito. Parece que a Denise caiu num golpe, não entendi nada.
— Isso é crime e dá cadeia.
— E eu não sei?

Depois de um tempo, foi a Denise quem bateu na porta.

— Como tu sabe que eu ia tá aqui?
— Pra onde mais tu iria?
— Denise, o que tá acontecendo?
— Eu vou matar o filho da puta que me vendeu o mel e vou matar o cara do laboratório que foi quem conseguiu o contato do cara do mel e quem compra todos os meus insumos. Vou mata o apicultor — ela fez aspas no apicultor, rangendo os dentes.
— Ele tava fazendo merda há oito meses. Há oito meses eu tô ajudando a polícia nessa merda de investigação certa de que não ia ter nenhum problema com os meus cremes, e agora isso.

A veia do pescoço de Denise pulsava como se fosse explodir.
— A gente tá fodida, Eugênia. Acabou a empresa. Vou fazer o quê? Não vou voltar a trabalhar em casa, muito menos em outras casas. Não volto a trabalhar pros outros de jeito maneira. Por que isso, meu Deus, por que isso com a gente a essa altura da vida?

Eu não sabia nem o que dizer pra elas. Não fazia a menor ideia do que dizer.

Ficaram um pouco por ali. Depois foram embora, não sem

antes dizer que minha casa estava um chiqueiro, não sem tentar entrar no meu quarto e ser impedidas por mim.

Se tivessem entrado, veriam tudo em cima da cama: roupas, máscara, caralho gigante, o

Diabo a quatro

Ganhei algum dinheiro com aquele circo. Mesmo com as multas e devoluções. A vontade desmedida de matar ou morrer. Quase tudo eu gastei em besteira. Em bebida e comida. Remédios. Supérfluos e essenciais. Eu sentia um fogo estranho no meio do peito que era rapidamente trocado por uma terrível sensibilidade física. Isso fazia eu me encolher para dentro de mim. Vez ou outra via meu próprio colapsômetro subir desmedido. Açúcares. Escândalos internos. O corpo em rebelião. Contra quem? Vez ou outra eu precisava cobrir o peito com uma almofada, apertar algo contra ele para preencher o vão de alguma coisa esquisita para a qual eu nunca teria

Definição

Emascular: ato de extirpar a genitália externa masculina (masculina?): pênis e escroto com seu conteúdo (testículos). Dessa maneira, o indivíduo perde a capacidade de cópula e de reprodução. Tirar o caráter varonil. Mutilar, enfraquecer a inteligência ou a efetividade. Privar um homem (cis) do seu papel ou identidade de homem (cisnormativo). Fazer um homem menos masculino por processos de humilhação ou privação do vigor, virilidade ou poder procriativo.

Sinônimos:
capar,
castrar,
desvirilizar,
enfraquecer,
abater,
debilitar

Pela definição, era lógico que ser homem estava ligado a ter um pênis. E ter um pênis era ser alguém forte. E que o pênis era o centro nervoso daquela máquina chamada homem. Que bobagem. Nem todo homem tem pênis. Uma máquina nascida e criada para dominar porque não tem um buraco no meio das pernas, porque tem algo com que preencher o buraco alheio. Qualquer buraco. Que mentira. A capacidade inata de preencher os espaços. Ocupá-los irreversivelmente. Ocupá-los de modo que ninguém mais pudesse fazê-lo, senão sob o seu jugo. Tirania. Perturbar o falo em vez de masturbar o falo. Era isso. Era simples. Era terrível. Terrível porque era o resultado de como nos tratavam, de como tratavam os não iguais. Sob sua tirania. O mundo colapsando e eles criando mais símbolos. Mais monumentos. Colossos.

Emascular um homem cis era, em última análise, torná-lo mulher. Ou homem trans. Submisso. Preenchível. Dominado. As palavras "reduziam" o homem como se o resultado dessa redução fosse tratá-lo como mulher. Ou como um homem trans. Mesmo no sexo. A perturbação estava ligada à submissão, à transposição dos papéis de ativo para passivo, de dominante para dominado, de opressor para oprimido. Que grande enredo. Que grande mentira. Cansei de ouvir aquela voz de comando ou aquele tom de afeto incapacitante. Numa conversa de bar, numa apresentação de trabalho, numa fila de supermercado, na cama. Era uma armadilha assombrosa. O que eu estava fazendo? Rindo. Perturbando suas vidas. Mas pra que mesmo?

    Foi então que eu pensei no meu

Desejo

Eu tô com vontade de ir de novo, Lena, cansei daqui. Os lugares me cansam.

Lupe disse aquilo no meio da noite, acordou Lena, que estava dormindo sozinha no trailer. Bira e Rosca tinham ido pescar e voltariam em dois ou três dias. Lena se sentou na cama e encarou a amiga, a amante, a mulher que amava e que tinha tanta dificuldade de compreender.

Mas pra onde, dessa vez?

Não sei, não é tão urgente. Queria passar a virada do milênio em algum lugar que não conheço, com gente que não conheço, como se virar o milênio fosse mesmo — e parou.

Fosse mesmo o quê?

Não sei direito. Estar de cabeça pra baixo.

Posso ir contigo?

Tu deixaria os guris?

Lena apertou a boca e moveu os olhos. Era uma decisão difícil.

Deixa eu pensar.

Claro.
O que tu pretende dizer pro Mr. Parker?
Nada. Adeus, acho.
Assim?
Mas ele não é nosso dono, Lena. Ele é nosso... chefe... e antes nem tínhamos chefe. Tu não tem saudade de quando não tínhamos chefe?
Tenho. Mas o Mr. Parker fez muito pela gente, olha tudo que a gente conseguiu, olha nosso trailer, nossas coisas, a vida que a gente leva agora, tua perna.
Lena dizia todas aquelas palavras e, à medida que ouvia, se dava conta de que não faziam tanto sentido. Parou.
Tu tem saudade de alguma coisa, Lupe? Ou de alguém?
Tenho saudade de muitas coisas.
Do quê?
De quando não tínhamos chefe, por exemplo, da sensação boa de chegar em Santa Cruz de La Sierra, de ter subido o Monserrate pela primeira vez a pé, do padre Nicolas, do cheiro da Regina quando ela era bebê, de comer feijão-fradinho, da minha perna.
Lena ficou olhando perplexa. Era a primeira vez que Lupe dizia que tinha saudade da filha.
Quantos anos tua filha tem?
Dezoito.
Tu tem saudade dela.
Não sei. Eu tenho saudade dela bebê. Não sei como ela é agora. Acho que nos daríamos bem.
Você não pensa que ela pode ter saudade, que teu marido e ela devem ter ficado devastados quando tu foi embora? Tu não pensa nisso quando tu deixa as pessoas que te amam para trás?
Lupe pensou um pouco.
Eu não me sinto mal. Eu também não faço por mal. Eu só

não consigo sentir nada assim. Eu entendo que eu deveria sentir alguma coisa, as pessoas sentem coisas, remorso, mas eu não sinto. Eu não sei como é isso especificamente. Eu gosto de ti. Acho que eu te amo. Não, eu *sei* que é amor. E não vai mudar se eu for embora. Eu vou continuar sentindo. E não é que eu não tenha saudade, mas a gente vai se adaptando ao mundo.

Lena ouvia tudo meio incrédula.

Eu nem sei o que dizer.

E eu já te disse uma vez, quero conhecer alguns lugares. Eu não sei se vou conseguir cumprir a minha lista.

Que lista?

Espera.

Lupe pegou um caderno e começou a ler: Bogotá, esse eu já fui; Miami, já fui; Nova York, fomos juntas; Kansas City, idem; Amarillo, Denver, eu vou pular os Estados Unidos, porque a gente já foi; Angola, Budapeste, Canberra, Guajará-Mirim, Istambul, Joanesburgo, Juazeiro do Norte, Londres, Macau, Madaripur, Manila, Mumbai, tem muito M, Powai, Shenshen, Reykjavik, Varsóvia...

Lena interrompeu.

Por quê?

Lupe mexia sem parar num colar de sementes que sempre usava, desde o dia que o compraram juntas na Bolívia.

Tem mais.

Eu não quero saber.

Tá bem.

Lupe fechou o caderno e continuou mexendo no colar.

Para de mexer nessa merda de colar, parece que é boba.

Lupe travou os dedos.

Ela se levantou rápido, mas a prótese não girou junto. Caiu. Bateu a cabeça num móvel.

Lupe, cuidado!

Assustada, Lena ajudou a amiga a se levantar. Tinha um corte na testa.

Espera, vamos limpar isso, senta aqui.

Parecia uma criança acuada. Permaneceu um tempo olhando qualquer coisa que se movia longe, até que encarou a amiga e disse que não queria mais ser a Monga.

Eu não gosto mais. Não posso mais fazer de conta que sou essa mulher selvagem, Lena. Eu não sou.

Por quê?

Ela significava algo pra mim, algo da minha infância, que tinha a ver com a minha liberdade, com o meu desejo de poder ser livre — e ficou em silêncio um tempo —, mas isso de elo perdido e as outras coisas que o Mr. Parker nos mostrou, lembra? Os desenhos, aqueles daquela mulher, Sarah Baartman.

Quem?

Da mulher a quem chamavam de selvagem, da exposição dos selvagens, o pôster e as imagens que ele nos mostrou, que nos mostrou rindo, pras novas referências. Pra uma nova fantasia. Que eu não quero.

Ah, sei.

Eu não quero. Eu sou eu. E aquela era a minha fantasia, a minha história. A outra história é de desumanização, é o contrário de ser livre.

Lena ficou quieta. Olhava para Lupe querendo compreendê-la. Mas aquela mulher sempre fora um labirinto.

Sabia que o corpo profanado e dissecado dessa mulher continua em exposição em Paris? É como se estivessem lhe fazendo um mal perpétuo. Um show horrível e infinito. As pessoas acham que podem ser as proprietárias de tudo e de todos. Algumas pessoas, Lena, só conseguem pensar de um jeito hostil.

A gente trabalha pro Mr. Parker, Lupe. Se ele quer melhorar o negócio, ele pode.

Lupe parecia alheia aos argumentos de Lena.

Depois de tudo, eles ainda dissecaram ela pra estudar e sobre o corpo espezinhado dessa mulher validaram teorias de que existem raças e que umas são superiores às outras.

Eles quem?

Esses homens hostis. Eu li.

Onde você leu?

Num livro que o Thomas me mostrou.

Quem é Thomas?

Lupe ficou em silêncio. Tinha os olhos fixos numa parede. Tocou o colar com os dedos, mas se deteve. Encarou Lena com ressentimento pela primeira vez.

Pode mexer no colar, se quiser. Me desculpa, me desculpa.

É que mexer no colar é bom,

Me acalma

Olhei meus pés, as unhas rachadas, não pensei que fizesse diferença na câmera, eu não pintava. Minhas pernas depiladas com gilete, pequenos cortes, pequenos pelos remanescentes, os joelhos encardidos, manchas onde as dobras fazem o suor se acumular, a barriga um pouco caída, um pouco se curvando sobre a pélvis, se alargando redondamente até se afinar um pouco antes dos peitos. Eu gostava muito dos meus peitos. Grandes, firmes, cada um apontando para um lado diferente. O colo, os ossos grandes que sustentavam meus braços polpudos. Desci o olhar até minhas mãos, inchadas, sempre meio inchadas. Não consegui olhar direto para o meu rosto. Tinha a sensação de que a máscara ainda estaria lá.

Fui lavar roupa no tanque. Eu não tinha mais máquina. Naquele mês não teve racionamento. O dia estava bonito, a roupa ia secar. Naquela cidade, era preciso sempre pensar nas condições meteorológicas para lavar roupa no inverno. As coisas não secam sem sol, elemento raro na estação. Os dias são sempre nublados e cheios de uma névoa baixa. O frio não importa tanto, apesar de se alongar por dias e noites sem trégua. A água doeu em meus pulsos. Gelada. Passei o sabão. Enxaguei. Torci. Senti Paranoia se enroscar nas minhas pernas. Olhei para baixo e não havia nada. Estendi a roupa. Olhei o conjunto vazio. O conjunto que eu tinha demorado tanto para achar. A renda preta. Era bonita. Vazio no varal. Eu de toalha. Vazia. Cheia. Estranha. Fria. Gelada. Não sabia direito. Eu quis fazer tudo o que me daria prazer verdadeiro, eu acreditava. Mas não consegui. Eu quis experimentar. No fundo eu quis. Eu quis? Não sei. Meu corpo não me respondia direito. O sexo nos escapa realmente. Mas como? Olhei minhas mãos novamente, para conferir certa inteireza, não sei. Capaz de eu pegar uma gripe das brabas. Tirei a toalha e estendi no varal. Apesar do frio, foi bom sentir algum toque, fosse o calor do sol, fosse alguma

Memória quente

— Minha mãe fugiu com o circo.
As pessoas somem. É isso. Um dia tu acorda e não tão mais lá. Morrem. Vão embora. Vão embora e morrem. Passam ao teu lado sem te reconhecer. As pessoas vão embora. É assim. Eu nunca tinha dito aquilo em voz alta. Soava ridículo. A Paula se estourou de rir. Até que ela percebeu que não era uma piada. Se eu tivesse dito "Mamãe fugiu com o circo", poderia até ser uma piada, mas "Minha mãe fugiu com o circo" não. O pai me deu uma foto dela, antes de morrer. Disse que era pra eu ter uma lembrança. "Toma essa lembrança da tua mãe." Hoje eu entendo o tom. Acho que ele me deu a foto para eu ficar mal. Para continuar carregando o rancor que matou ele. "Toma esse rancor em forma de fotografia, esse câncer que vai te consumir, porque é um enigma que tu nunca vai resolver." Mas não deu muitos detalhes, só tirou da carteira a foto amassada e me entregou. Segurei com a ponta dos dedos e abri a imagem, abri a história esquecida da minha mãe: uma beira de estrada, três pessoas estranhíssimas, um careca muito alto, outro cara muito baixo e

mais magro ainda, no qual minha mãe se apoiava com uma mão. Todos muito bronzeados, queimados de sol. Debaixo do outro braço, ela segurava a cabeça de um gorila. Tinha metade do corpo exposto numa regata branca e o resto dentro da fantasia da qual a cabeça fazia parte. A roupa parecia descascar do corpo. Polaroid velha. A estrada era longa e numa placa ao fundo dava para ler o nome de uma cidade. Ela parecia estar bem feliz. Ao menos, sorria. Uma última brincadeira sem graça do meu pai. Guardei a foto no bolso e, chegando em casa, enfiei aquela história toda numa gaveta. Tenho certeza de que me dar a foto fazia parte do plano sádico do meu pai de foder a minha cabeça pra sempre. De me fazer carregar o legado daquela tristeza que o azedou.

— Sério, Regina? Não precisa me contar nada se não quiser. Mas o teu sarcasmo às vezes cansa. Acho que eu tô velha demais pra isso.

— Eu não sei o que aconteceu com a minha mãe, Paula. Acho que ela fugiu com o circo. Dia desses pensei que foi isso mesmo.

A Paula tinha um riso na boca. Um riso impedido. Um riso cheio, mas inseguro. Petrificado nos lábios e na metade dos dentes que apareciam.

— Com o circo?

— Ela sumiu depois que fomos ao circo. Eu não fui lá ver se tinha circo ainda, eu era pequena. A única foto que tenho da minha mãe, quer dizer, que eu tinha, eu não sei onde ela tá, na real, se existe ainda, é dela com uns caras estranhos numa estrada que eu não faço a menor ideia de onde seja.

O riso lá petrificado. Virando outra coisa. As sobrancelhas da Paula pareciam minhocas no asfalto.

— Eu...

— Não tem importância. Tô o.k. com isso. Quem é que não

tem problemas com a mãe? Quem é que na minha idade já não ultrapassou os problemas com a mãe? Olha ali um problema com a minha mãe passando e... — apontei para fora do carro e fui vendo o problema imaginário passar, acompanhando com o pescoço e depois com o corpo, que acabou ficando bem junto ao da Paula — ah, não vejo mais, foi embora. Putz, nem pude resolver. Paciência. Daqui a pouco eu devo ficar chistosa com alguma coisa aleatória. Não, acho que não. Passou mesmo.

— Olha que eles voltam...
— Voltam nada. Nada da minha mãe volta.

A Paula finalmente desligou o motor e ficou me encarando, como quem esperava mais do que aquela explicação. Fiz um convite. A luz da sala estava acesa.

— Tu quer entrar?
— Não sei — e se esticou por cima de mim para olhar a casa —, tá meio tarde, se eu entrar *terei* que ficar.
— Pode ficar. Tem cama, chuveiro, tem lençóis limpos, porque troquei de manhã. O travesseiro da Nasa tá te esperando.

A Paula tinha umas manias.

— Melhor eu ir pra minha casa hoje.
— Velha chata.
— Tu tá coberta de razão. Eu sou uma velha muito, muito da chata. Quem sabe não é por isso que tu gosta de mim.

A Paula ainda me encarava. Me encarava como se acompanhasse todos os meus pensamentos, como se assistisse ao meu ressentimento com a nossa incompreensão mútua.

Paula só arrancou depois que me viu fechar a porta de casa.

Caí num sono letárgico cheio de

Sonhos ruins

Estava cansada de ainda morrer tanto.
De acidente, de bala perdida, de cachorro raivoso, de choque anafilático, de tétano, de assassinato. Já se imaginou caindo de uma bicicleta e logo um ônibus estoura tua cabeça como um melão maduro? Já morreu de queda, de AVC, de câncer, já morreu por causa de um fungo na unha, já morreu engasgada com um pedaço de carne, uma rúcula mal mastigada? De falência renal, de garganta inflamada? Morreu afogada, morreu porque uma caverna milenar cedeu sobre a tua cabeça?
Estava cansada ainda de morrer tanto no fogo. Aquele incêndio que primeiro era lume e o desequilíbrio do fogo. Não. Sua movência. Não. O desequilíbrio, primeiro era lume e uma sensação de. Não. A visão de. Não. A compreensão da chegada, o choque. Não. O atrito e a faísca. Não. Pesadelo. Primeiro era lume e depois a compreensão. Não. A chegada anos depois: obediência por medo, ameaça. Não. Por convenção do que é sonho e do que é. Não. Por conveniência, por convenção e receio, que é medo, de modo que. Primeiro era lume e depois o medo, mas

entre, no tempo entre, não no espaço, mas talvez no tempo e no espaço, o desequilíbrio do fogo e de sua instável realidade.
E isso é tudo.
Acordava sempre.
Já morreu de

Pneumonia

— Não é nada, não se preocupem — eu disse pra Eugênia.

Ela só balançou a cabeça e disse que Denise estava vendo como me transferir para o hospital do plano de saúde.

— Por que tu veio pra cá? Por que não falou pra gente que não tava conseguindo pagar o plano?

— Eu nem pensei em falar pra vocês, nem me ocorreu.

Aquela frase me deu um cansaço imenso. As caras tão familiares de Denise e Eugênia se desfazendo numa distância que não era física. Estava difícil respirar. Há anos eu tinha trocado o plano de saúde por um mais barato e com uma cobertura menor, era o que cabia no meu bolso. Quando fiz trinta e oito, o plano dobrou de valor e eu tive que procurar um ainda mais barato. Também não consegui pagar. Quando precisava de alguma coisa mais urgente, ia a essas clínicas populares e depois àquelas pagas na conta da luz. O atendimento era bom. Mas só isso. Se não fosse urgente, eu tentava a telemedicina do Susad, mas em geral a triagem virtual já descartava o atendimento e, quando ele prosseguia, em geral o médico demorava para responder no

WhatsApp. Depois do escândalo que revelou um esquema de contratação de pessoas que não eram médicas para responder às consultas, assim os médicos podiam administrar quatro ou cinco números de Susad, eu parei de tentar. As pessoas estragam o que é pra ser excelente. Não era bem uma surpresa, um médico honesto denunciou os colegas. Saiu no jornal. O homem na foto, pálido, descabelado, parecia ainda estar em 2020. Depois os exames, os encaminhamentos, a medicação, tudo é por conta do paciente, pago por fora. Aí a coisa complicava. Nunca tive nada grave, só a diabetes, que por ser do tipo 2 é relativamente fácil de controlar. Então pra mim era o.k.

Agora eu tossia meus pulmões numa salinha improvisada, cheia de gente que ou tossia os pulmões também, ou gemia por conta de alguma outra dor, moléstia ou doença. Só faltava ser um 2020 *reloaded* de fato. A médica que me atendeu surgiu na porta.

— Regina.

Ergui a mão.

— Vamos tentar conseguir um leito pra ti, seria bom tu ficar ao menos dois dias.

— Por quê?

— Tu tá com pneumonia e, depois da covid-19, temos sido mais cuidadosos com esses casos. Tu precisa ser testada antes de ser liberada. Protocolos. Entende?

— Essa merda ainda tá por aí, né? A gente tá vendo pra transferir ela pro particular, doutora…?

— Cristina. Ah, melhor. Aqui eu não posso garantir nada. E, sim, o vírus tá por aí ainda, estão com as vacinas em dia? Sabe que nem todo mundo quis ou teve acesso, então…

Eugênia e a médica citaram hospitais e fizeram breves resenhas de atendimento, aventaram nomes com quem se podia falar e eu sentia meus pulmões como dois tijolos, acho que por isso não consegui dizer nada, não consegui entrar na conversa. Não tive fôlego. Meus olhos pesavam e desfaziam as paredes do hospital, as pessoas nas macas, as macas, as cadeiras descascadas, os enfermeiros, as médicas, Denise, Eugênia.

— Regina, tu vai ficar mais bem acomodada.

— É. Além disso, acho que pra uma paciente diabética e com pneumonia, acho que tu deveria parar de fumar.

A médica apontou o cigarro aparecendo no bolsinho da mochila.

— Bem, já que ela vai para um hospital privado, melhor fazer alguns exames. Posso conversar com um especialista de lá também. Tenho uns contatos. É bom prevenir.

A médica falava com Denise e Eugênia, como se eu fosse uma criança ausente.

Denise voltou e citou um dos nomes já mencionados na conversa, e aparentemente tinham conseguido alguma coisa num hospital melhor. Denise também disse que havia pagado os seis meses de dívidas que eu tinha, e fiquei um pouco preocupada, porque ia precisar de muitos clientes para pagar de volta, mas ela disse pra eu não me preocupar. Eu nem tinha energia para

Preocupações

— Fica à vontade, dona Norma. Quer um chá? Eu vou fazer um chá pra mim. A senhora pode pôr as coisas naquele quarto ali.
— Mas, filha, eu nem sei o que dizer. Eu posso — ela parou e olhou ao redor — tomar um banho? — Fez outra pausa. — Tem água? — Mais uma. — Eu não demoro, a luz tá cara, né?
— Pode tomar banho. Eu vou pegar uns lençóis pra pôr na cama. A senhora não repara, que eles tão tudo meio rasgados nos cantos por causa da minha gata.
— Tem gato aqui? Eu odeio gato.
— Ela quase nunca aparece — a frase saiu meio precária da minha boca —, toma aqui a toalha, e eu vou ver se acho alguma coisa pra senhora vestir.
— Filha, eu queria um café, tem?
— Café? Mas a senhora tá chique. Deve ter um pouco, vou ver.
Enquanto eu vasculhava os armários da cozinha atrás do café e as gavetas da Aline atrás de roupa, lembrei da conversa que tive com Eugênia e Denise, e de como elas disseram pra eu não sair debaixo de chuva naquele tempo frio de jeito nenhum. Eu

respondi que não precisavam se preocupar, que eu estava bem. Sim. Sim. Eu chamo um carro. Não precisa mandar, eu prometo que não vou a pé, nem de ônibus. Eu sei.

Não estavam na cidade. Havia meses vinham planejando uma "escapada" — sempre faziam aspas — para o mato, hotéis, reservas, elas me contaram nos dias que ficaram comigo no hospital. Pacote completo, ecoturismo, ajudar a limpar um bosque que estava tomado de lixo. Acabei ficando quatro dias. Pensaram em cancelar. Não deixei. Denise disse que precisava mesmo dar uma "escapada" — aspas —, que a investigação tinha sido extenuante. A advogada falou para ela dizer que não sabia sobre o mel adulterado, que não sabia sobre o falso apicultor, que tinha feito tudo de boa-fé, acreditando nas pessoas, e era isso. Ajudou a investigar, mas nunca soube de nada. Pagou uma multa, mas não foi pra cadeia. Uma multa gorda. E honorários. E o meu plano de saúde atrasado. Como elas tinham tanto dinheiro naquela altura do campeonato?

— Eu tô melhor, tô me sentindo bem melhor, sim.

Olhei bem pra minha cara no espelho antes de sair do quarto. De fato, as olheiras tinham diminuído e o rosto não estava mais moribundo. Além disso, os pulmões funcionavam melhor, apesar de eu ainda estar tossindo um pouco. Eu tinha emagrecido uns quilos. Notei quando vesti a calça jeans. Quando assinei os papéis, a mulher me deu um saquinho com cartuchos de insulina e uma daquelas canetas de aplicação. Não disse nada e imaginei que a Denise tinha desembolsado mais dinheiro pra resolver mais um problema. E lembrei que pra ela o mundo funcionava assim. Saí do quarto e vesti a jaqueta de capuz. A parada do ônibus era bem em frente ao hospital, mas eu teria que trocar de linha e descer a umas três quadras de casa. Sem guarda--chuva. Encontrei dona Norma na saída do hospital. Perguntei o que fazia ali com tanta sacola.

— Vou levar pros meus filhos, é roupa de frio, tô atrasada.
Amarrou bem uma das sacolas, atravessou a rua e deixou escorada numa árvore. Voltou.
— Ele vem pegar ali. Tá frio, né?
— Tá. A senhora quer um chá? A gente toma ali dentro.
Mas o que a senhora tá fazendo aqui?
— Eu queria ir pro hospital uns dias, filha. Tô doente. Queria ficar só deitada, comer, assistir televisão.
Como foi que a deixamos chegar aonde ela está? Onde falhamos como pessoas? Onde falhamos? Falhamos continuamente em muitos lugares. Dava pra ver. Mas era tão mais fácil ignorar. Criar gráficos que consideravam o montante de dinheiro dos lugares como indicador de bem-estar. Que burrice.
— Vamos entrar, eu pago um chá pra senhora.
— Será que eu posso tomar o chá aí dentro? Porque sempre dizem que não. Lá vem o guarda.
Vinha sacudindo o dedo.
— Aqui não.
— Aqui não o quê? Minha vó veio me buscar, vamos tomar esse chá e depois chamar um táxi.
O homem ficou confuso. Nos olhou de cima a baixo. Ergui os papéis do hospital e ele se afastou.
— Tá, filha. Obrigada, viu. Obrigada, vou ali nas cadeiras, então.
— Sim, vamos ali.
Uma enfermeira nos seguiu com olhos atentos e terríveis. Fui pegar o chá na cantina. Quando voltei, enfermeiras, recepcionistas e guardas tinham se aglomerado perto do balcão. Dona Norma tomou um golão do chá morno, ainda quente o suficiente para esquentar um pouco. Uma das enfermeiras se aproximou.
— Tá bom o chá, dona Norma?
— Tá bom, sim. Obrigada, viu.

— Tem como ela baixar na emergência e fazer alguns exames?
— A gente conhece a figura. Não tem como. Por mim podia ficar, mas eu não mando nada aqui.
— Eu entendo.
Dona Norma segurava o copo com as duas mãos e bebia o resto do chá fazendo muito barulho. A enfermeira se afastou. Não lembro bem como a conversa correu, sei que entramos no carro, fomos pegar algumas coisas e paramos aqui na frente de casa. Agora dona Norma saía do banho e eu dava a ela um conjunto de moletom que a Aline não tinha levado.
— Mas eu não posso ficar aqui, filha, eu tenho a minha

Casa

Num e-mail muito doido, longo e fragmentado, Aline me contava como estava a França, o mestrado, a história dos contêineres de lixo que haviam sido devolvidos para a Inglaterra e que teriam ido parar no Haiti "por engano", me contou que tinha transado com um cara, com uma guria, e com um cara e uma guria, e que tinha sido ótimo, porque desde o estupro ela não conseguia pensar em sexo sem desvinculá-lo da ideia de violência, disse que estava frequentando um grupo, que Fatima a tinha levado, porque também tinha sido estuprada e que era tão melhor poder falar daquilo, deixando claro para as pessoas que aquele único momento de sua vida, apesar de tão traumático, não a definia. Falou de outros tipos de violência e de dominação e submissão. Depois falou que estava com saudades de mim, das mães, de casa. E, num parágrafo final, me perguntou se eu acreditava que existiria um "voltar".

Respondi com um e-mail comentando cada ponto e pedi que me explicasse melhor a pergunta final.

A resposta mencionava uma conversa com Fatima, ficou

claro que voltar não existiria para ela. Que o país do qual havia fugido não era mais seu país, que sua casa não existia mais, que as pessoas que ela amava estavam espalhadas no mundo, que para ela não havia nenhuma relação amorosa possível com o passado, não havia nostalgia, disse que explicou à Fatima a palavra saudade e que ela não conseguiu compreender, que só pensava em construir coisas no presente e no futuro, que sentia saudade disso, Fatima contou a ela sobre sua palavra preferida em alemão, *Fernweh*, que significa saudades de um lugar que não conhecemos e que está longe do que estaria

Porvir

A única coisa que prendia os olhos de Lupe eram os fogos do Réveillon. As ruas de Joanesburgo estavam cheias. Thomas segurou sua mão e perguntou se estava tudo bem. Lupe fez que sim com a cabeça.

Thomas não acreditou quando viu Lupe atrás da tenda sem a cabeçorra.

— I thought there was a man under this costume.
— Sorry.

Conversaram um pouco naquele dia e mais nos dias seguintes. Thomas estava de férias nos Estados Unidos. Quando contou que morava na Cidade do Cabo, Lupe disse que era seu sonho conhecer a África do Sul.

— Joanesburgo, mais especificamente.

Ele perguntou por que e ela deu uma série de explicações que envolviam uma lista.

Falavam um pouco em inglês, um pouco em espanhol. Se compreendiam.

Lupe recebeu a passagem depois que ele já tinha ido embora.

Lena não soube o que dizer. Achava que era um bom tanto de sorte que um dos sonhos dela pudessem ser realizados tão facilmente. E assim, na virada de 1999 para 2000. Thomas e Lupe andavam de mãos dadas pela movimentada Joanesburgo. Antes de se beijarem, fizeram desejos de Ano-Novo. Thomas ficou um pouco frustrado ao saber o que Lupe tinha pedido.
— Quero voltar.

Pra onde?

— Um condomínio fechado?
— Isso. O William acabou de pôr à venda. Tu te lembra dele, Regina?
— Não.
Continuei mexendo o cafezinho fresco que a Eugênia me serviu. Não entendi por que tinham me chamado. Talvez pra testemunhar uma discussão importante. Denise não era boba.
— O momento é agora! As coisas estão relativamente baratas. Temos que aproveitar para comprar, porque o mercado vai esquentar e os preços vão subir logo. O governo vai injetar dinheiro nessas casinhas, e aí quem tem mais condições vai querer sair dos bairros e ir pros condomínios, porque lá a segurança é real, a guarita é real, tem equipe, tem limpeza, tem clube, tem cinema, tem loja, tem mercado, é uma minicidade! Só que segura, privativa! Sem mendigo, sem bandidagem, a gente vai se sentir segura. Aqui não dá mais. O que tu acha?
— Parece bom. Mas a gente tá com essa grana toda, Denise?

— A gente pode dar uma boa entrada e depois ir liquidando, amor.

— Eu gosto daqui, mas realmente tá ficando complicado, com o lixo, gente estranha, falta de opção das coisas. Esse monte de catador vindo, e as guaritas, essas que a gente contratou não barram uns caras, acho que eles até se conhecem. Vai saber que tipo de relação têm. Acho que pode ser uma boa mudar de ares.

— Então eu vou falar com ele. Mas tem uma coisa. Acho que tu teria que vender o carro por enquanto, pra gente engrossar a entrada.

— Ah, mas vender meu carro?

— É, amor. Porque aí a gente engrossa um pouco mais a entrada. Na verdade, a gente pode vender o meu carro, que é melhor, e eu fico com o teu. A gente divide, digo.

— Mas aí como eu fico?

— A gente divide o carro, chama carro de aplicativo, essas coisas. E nada te impede de trabalhar de casa, sei lá, ou de a gente abrir uma lojinha barra escritório lá mesmo. Podemos trabalhar de casa. Home office já está estabelecido. E podemos fazer tudo dentro do condomínio, caminhar no bosque, ir na piscina, academia, tudo. Regina, tu não tá trabalhando na internet? A Aline disse que tu tava fazendo alguma coisa na internet. Pode dar uma luz nisso?

Era por isso que eu tinha sido chamada. Com certeza a Aline não tinha contado como era meu trabalho.

— Posso tentar. Não sei muita coisa. Mas é fácil achar quem sabe. Um curso, uma aula.

— E a gente não precisa de tanto pessoal na empresa mesmo, podemos assumir nossa eupresa, nóspresa, digo, ao menos não no escritório. Podemos pensar em reestruturar, dar uma segurada e depois, quando as coisas melhorarem, bum! Expandimos. O que me diz? Preciso avisar ele até amanhã.

— Nossa, mas tão rápido?
— Mas o que tem pra pensar tanto? Apareceu a oferta e ela é ótima. E, francamente, eu tenho ficado cada vez mais apreensiva com a nossa vizinhança. Sabe que nesses condomínios já tem no contrato toda uma política pra lidar com os lockdowns, estrutura, orientação? Não vai faltar água nem luz, porque a distribuição é direta, tem cláusula contratual. Essas oportunidades a gente não perde! E podemos visitar já! Eu ligo pra ele e vamos lá.
— Tá bem. Acho que pode ser.
— Eu já sinto a gente entrar nessa

Vida nova

Tão batendo na porta. Estranhei.
— Quem é?
— Oi, Regina, a Aline tá aí?
— Quem é? — Não entendi a resposta. — Peraí.
Abri a porta. Demorou o tempo de um constrangimento para reconhecer que era a Lu.
— Entra.
Lu tinha sumido fazia uns seis meses, tinha dito algo sobre precisar se encontrar, mas a gente não deu crédito ao discurso meio hippie que Lu andava circundando, pro que a gente pensava que fossem doidices dela. Tenho a impressão de que o jeito que a gente chegou aqui neste momento foi na base do sonambulismo, da desatenção em relação ao outro, do descrédito. A gente nunca dá bola pras coisas, até que elas aparecem bem na nossa cara. Ou desaparecem.
Lu estava ali na sala.
— Oi.
— Oi, como tá? Como tu tá? As coisas todas...

Estiquei muito o tá, como se ele pudesse virar uma ponte que me ajudasse a atravessar aquele momento.
— Bem, e tu? E tu?
Quis dizer que estava exausta, mas não disse. Dona Norma fez barulho na cozinha, ofereci o sofá para Lu e fui espiar.
— Tô bem. Tô o.k. Indo, como sempre. Espera um pouco. Dona Norma tinha derrubado uma xícara.
— Indo, como sempre, né, todo mundo tá assim meio desanimado.
— Faz tempo.
— É.
— Olha, eu vim porque eu fiquei sabendo da Aline faz pouco tempo, como é que ela tá? Eu mandei mensagem, mas ela não respondeu. Não sabia o que fazer.
Enquanto limpava os cacos, gritei da cozinha:
— Ela tá bem na medida do possível. Tá em Londres.
— Londres? Nossa, mas quando foi que... — Lu chega à cozinha e dá de cara com dona Norma.
— Achei que tu soubesse.
— Não, não, eu fiquei sabendo daquilo que aconteceu. E parou.
— Lu, essa aqui é a dona Norma, minha nova colega de casa, temporariamente.
Lu franziu a testa e estendeu a mão.
— Prazer.
— Tu é homem ou mulher?
Juntei os cacos da minha cara.
— O que a senhora acha? — Lu sorria.
— Eu não sei, porque parece homem, mas a voz é meio fina pra ser de homem e a feição é de moça. Mas tem buço, não dá pra ver se tem peito e as roupa são de...

— Dona Norma, o que é isso? Toma aqui o café. Segura bem a xícara, que não tem mais.
— Obrigada, filha.
— Tudo bem, Regina, não tem problema. Mas e a Aline?
— Ah, isso — A palavra nunca dita. — Putz, pois é, foi foda, por isso também ela quis ir embora, dar um tempo daqui. Ela conseguiu a bolsa lá, a que ela tava tentando. Agora ela tá bem, falei com ela antes de ontem no hospital.
— Hospital?
— É. Tive uma pneumonia. Daí tem todos aqueles protocolos chatos, isso desde 2020.
— Sim, chatos, mas necessários.
— Verdade. Vamos ali na sala? Tu quer um café? Uma água? Um chá?
— Eu aceito um café. Mas ela tá bem? Sei lá o que se pode dizer.
— Não tem mais café, filha, tem que poupar, tu disse.
— Ah, sim — ignorei dona Norma —, ela tá indo. A gente conversa menos do que deveria, tenho a impressão de que sempre deixo de perguntar alguma coisa por medo, por vergonha, por sei lá… A gente não tá preparada pra essas coisas.
— Eu sei. Quer dizer, eu não sei, na real. Eu só vim, né, nem sabia se vocês tavam em casa, criei coragem e vim. Eu tô de folga no rotativo.
— Ah, sim, é horrível.
— Mais vagas, menos horas, menos dinheiro também. Sei lá. Me acostumei. A empresa não é tão ruim. Digo, o serviço. Mas o sistema é de bosta. Melhor isso que nada.

Da última vez em que nos vimos, Lu tinha recém-terminado com a Aline. Aline foi ficar uns dias com Eugênia e Denise, de vez em quando ia passar uns dias com as mães. Dizia que a casa dela de verdade era a minha, a nossa, mas ficava nessas idas

e vindas. Lu veio chorar as pitangas comigo e a gente teve uma coisa. Nada de mais. Bebemos. Transamos. Foi bom. Me senti culpada pela Aline. Mesmo que tenha ouvido da Aline que não tinha rolado com Lu, que ia terminar mesmo, que não era nada. Mesmo assim, me senti culpada. Pegar a ex da minha irmã. Não sei bem como aconteceu, e agora eu olhava pra Lu se mexer e lembrava da gente se beijando.
— Regina?
— É que... tu não acha estranho entre a gente?
— Tu é bicha? — dona Norma falou, escorada no batente da porta da cozinha. — Só Deus que pode julgar, a gente só tem que fazer o bem.
— É isso mesmo, dona Norma. — Lu parecia não se incomodar com a velha.
— Tu me ajuda a fazer um carrinho, Regina?
— Um carrinho?
— É, pras coisas, porque é mais fácil de carregar, é só puxar, daí. Sabe? O Piu tem um, sabe o Piu?
— Sei. — Era outro catador que só sabia piar, chamavam de doido, mas era só afásico.
— Sabe o carrinho dele? Com as roda de bicicleta?
— Sei.
— É assim.
— Eu não sei fazer carrinho, dona Norma.
— Eu posso ajudar, acho.
— Então não é bicha! Eu disse que era bicha, mas não é, porque bicha não faz essas coisas. É mulher, e do jeito que é, é machorra, porque aí faz essas coisas de homem.
— Dona Norma!
— Machorra? Fazia tempo que eu não ouvia essa. E olha que eu ouço de tudo — Lu ria. — Eu vou ver o que posso fazer e aviso a Regina, tá?

161

— Tá, filho, filha, tá, tá, obrigada.

Dona Norma foi quarto adentro com a xícara e a satisfação. Lu tinha raspado o cabelo, por isso demorei pra reconhecer. Continuava linda. Uma boca grande e aqueles olhos puxados. Grandes e pequenos ao mesmo tempo.

— Regina, acharam o cara?
— Como assim, acharam o cara?
— Que pegou a Aline, que estuprou a Aline.
— Quando?
— Não sei, eu tô te perguntando.
— Ah. Não.
— Desculpa, Regina. Eu não queria que...
— Não, tudo bem. É que ela chegou em casa naquele dia e eu... a gente foi pro hospital, mas antes, bah, foi tudo horrível. — Parei.

A imagem me assombra. Aline olha o nada e eu tenho a nítida impressão de que me vê tirar uma chave da boca, com meus dedos miúdos em pinça ponho a chave em sua mão espalmada. Aline leva a chave à boca e engole. Mexe a cabeça de um lado para o outro, enquanto a chave desce pelo esôfago, entra no estômago. Lá embaixo, dentro do seu ventre, existe uma porta. Aline, dentro de si mesma, se levanta do mato, abre a porta com a chave e se depara com uma sala turva. Uma manta opaca cobre tudo e nela se projeta longa a sombra de um homem. O homem ajeita a calça, o cabelo, limpa a testa e vira as costas. Uma frincha lacera suas paredes, o grito e seu eco escrevendo naquele espaço imenso, numa língua desconhecida, algo que ela não podia alcançar. Aline corre pelas paredes moles do seu interior selvagem. Afunda os pés. Vai Aline esôfago acima, língua afora, abre a boca e salta sobre mim. Eu a seguro em meus braços enquanto ela vomita, e vomita uma sombra. Depois, se deita com a cabeça nas minhas pernas.

Lu me olhava.

— Tá tudo bem entre a gente, Regina. Aconteceu. Tá tudo certo.
Sorriu.
— Certo.
— Eu tenho um carinho muito grande por ti. Desembaraço o cabelo de Aline num carinho tímido, com dedos incertos aqui e ali, tirando um pouco mais de trevas, galhos e grama, mas o que faço é tentar não me desesperar. Ela contou que na volta do estágio decidiu demorar um pouco mais no centro da cidade. Motivo banal: a noite estava agradável. Respondi que estava mesmo. Ficou olhando o movimento da pracinha, passou na padaria, tomou um suco e comeu um sonho. Depois comprou mais um pra trazer, sabia que eu estava meio na merda. Um agrado para animar a noite, coisa boba que é um sonho. Pegou o ônibus das sete. Quando chegou no bairro eram quase oito. Desceu na parada habitual, caminhou duas quadras movimentadas e entrou na rua que dava pro mato de uma clínica. Ali sempre brincavam crianças. Desciam a lomba gramada com caixa de papelão, jogavam futebol, essas coisas. Ela sempre tinha que desviar de uma bola, de uma bicicleta menos atenta. Naquele horário, não. Avistou na outra ponta da rua um homem. Boné enfiado na cabeça. Passou por ela. Aline teve medo e sentiu um quase alívio ao vê-lo passar sem nenhuma menção de contato. Não riu de mim, ela disse, lembrando da infância. E passou a mão na cicatriz do queixo, depois se sentiu culpada por desconfiar daquele jeito de alguém. Virou com a certeza de que não seria o seu dia. Mas, aí, chave de braço, a cara do homem borrada, uma mão que descia fechada no meio da cabeça e um zumbido longo, seguido de ordens. Muitas ordens. Vai. Anda. Aqui. Deita. Tira. Vira. Anda. Levanta. Fica quieta. Uma pedra na mão, uma pedra sacudida na frente dos olhos e as ordens na orelha. Era o que tinha acontecido. Depois foi a noite, e uma coisa úmida que podia ser a morte

Ou a mesma vida

Thomas não entendeu quando Lupe disse que não queria fazer sexo com ele. Primeiro pensou que ela estivesse cansada da viagem, depois, que teria que conquistá-la aos poucos, então começou a achar que ela tinha algum problema e finalmente teve certeza de que não tinha entendido nada.

Eu não quero transar com você, Thomas. Achei que fôssemos amigos.

Você pensa que eu te trouxe aqui porque nós ia ser justo amigas?

Por que eu não pensaria isso, se foi o que a gente conversou? Por acaso em algum momento eu disse que seríamos mais que isso? Ou que estava apaixonada ou qualquer outra coisa?

Mas por que tu pega na minha mão?

Porque eu gosto de você.

Se gosta por que não ser mais que amigas?

Eu não quero.

Lupe sentou na beirada da cama. Depois levantou e se pôs a arrumar as malas.

Aonde você vai?
Não sei. Algum lugar.
Não pode sair sozinha por aí, é perigoso.
Lupe largou as roupas e parou na frente de Thomas.
E aqui nesta casa não é perigoso?

Assombro

Eu não sei, nem pensei direito. Todo mundo fora ou longe, eu sem fazer shows no site, a Tânia sem clientes no bar, dona Norma lá em casa, o dinheiro sumiu. A comida que eu comprava eu dava pra velha, não tinha coragem de comer. Saí pra procurar emprego, levei um CV mentiroso, vazio das coisas que eu realmente sabia e cheio das que eu achava que eram necessárias. Levei na porta de alguns condomínios. Deixei no RH de algumas empresas, mas não muitas, eram longe demais. Eu não tinha nem pro ônibus direito, e andar tanto estava fora de cogitação. Sentei para descansar sobre uma pedra, num canteiro entre uma BR e uma caçamba de lixo, e vi uma sacolinha plástica pendurada do lado de fora. Tava separada. Pendurada do lado de fora. Cheguei perto. Olhei. Parecia estar quente. Não era do sol. O dia estava frio, deviam ter recém-posto ali. Peguei e voltei à pedra. Abri. Era arroz com carne. O cheiro estava maravilhoso. Quem põe comida boa no lixo? Olhei ao redor. Portões altos e prédios ainda mais altos ou portões altos que escondiam, atrás de árvores mais altas, casas brancas com escadarias, piscinas e carrões. Peguei uns grãos. O gosto era compatível com o cheiro. Fiz da mão uma concha e enfiei uma, duas, três vezes na boca, e aquilo era o paraíso. Fazia dias que eu não comia uma boa refeição, estava passando a bolachinha e pão. Não cagava havia dias.

A mulher na parada de ônibus me olhava aterrorizada.

Larguei a sacola plástica no chão e saí.

Como cheguei aqui? Como cheguei

Neste ponto

Lupe olhava a barriga de Lena, redonda.
Era agora ou nunca. Não dá pra esperar, né? A gente vai ganhando anos.
De quem é?
Lena ficou quieta.
Não é nem do Bira nem do Rosca, né?
Não. Mas vai ser. Eles querem. Vai ser nosso. Acho que é uma menina.
Lupe passou a mão na barriga da amiga e sorriu.
Vai ser legal. Já tem nome?
Kailã.
Que bonito. Inusitado. Achei que tu colocaria João, Pedro, Carlos. Mas Kailã é bom. É neutro.
É.
Lena parecia feliz, mas desanimada. Lupe tinha o mesmo humor. Estavam de fato felizes em se reencontrar, mas Lena sabia que seria algo efêmero. Lupe tinha uma mochila colorida e

grande. Mexia numas bolhazinhas vermelhas que tinha na mão esquerda.
É alergia?
Acho que sim. Logo melhora.
Passa arnica.
Passo.
Pra onde você vai?
Não sei ainda. Vou pegar um trem pra algum lugar. Quero ir de trem pra algum lugar. Sabia que esses trens podem chegar a 318 quilômetros por hora? TGV quer dizer trem de alta velocidade, de *grande vitesse*, em francês.
Não sabia — Lena responde meio apática.
E você, o que vai fazer?
Voltar.
Quando nasce Kailã?
Outubro.
Lena, tu sente que o chão...
Como assim?
Esse chão bem aqui, debaixo dos nossos pés, tu sente que ele está sempre se movendo? Parece que ele ignora que a gente quer ficar parada. Mas não é que ele esteja se mexendo violentamente, como num terremoto ou como se fosse uma esteira; é algo pequeno e constante, sabe? Acho que quando eu pegar o trem vou poder parar de sentir isso por um momento. Vou enganar o chão.
As duas ficam quietas o resto do tempo. Dão as mãos. Lena pensa em pular em cima de Lupe, beijá-la, arrastá-la para o seu quarto no hotel e transar até ter contrações o suficiente para a criança nascer. A gravidez a tinha deixado com um tesão louco, que ela não tinha nem forças para explorar. Sentiu a calcinha molhada e disse que gostaria de voltar ao hotel pra descansar antes de ir embora. Lupe a acompanhou até a porta. Despedi-

ram-se. Certas de que se veriam novamente. Como sempre aconteceu.

No dia seguinte, cada uma pegou seu trem.

Em um dia ameno de novembro, Lena olha Kailã na cama e não sente

Nada

Peguei um dinheiro emprestado com a Eugênia para comprar o botijão de gás. Tomei um banho quente, porque luz e água ainda tinha. Paguei as contas atrasadas. Estava frio e dona Norma não saía de casa. Eu não conseguia fazer os shows com ela ali. Não tinha coragem. Não tinha vontade nenhuma. Mas não tinha dinheiro nenhum também. Tentei apagar a minha própria lembrança de ter comido do lixo. Saí do chuveiro e encontrei a velhinha ali, sentada na minha cozinha como se sempre tivesse morado na minha casa, esperando a água na chaleira elétrica.

— Tu quer um café?
— Tem café?
— Tem. O Cléber me trouxe. E fez o carrinho também, que teu amigo nunca trouxe.
— Quem é Cléber?
— Meu filho. Ele veio aqui pra eu mostrar a casa pra ele. Tava preocupado.

Eu não disse nada. Não perguntei se o Cléber voltaria, se

planejava fazer visitas regulares ou de onde tinha tirado o dinheiro para comprar um luxo como café. Café!
— Quero.
Era solúvel. Menos mal, pensei. Não é tão caro. Se bobear não é nem café. Mas o gosto me aqueceu e fez todos os efeitos que poderia ter feito. Inclusive o de me trazer lembranças de dias menos terríveis nos quais o café era uma coisa comum que meu pai preparava todas as manhãs antes de me levar até a esquina da escola, onde nos separávamos. Ele partia para o trabalho, eu para a escola. Memórias de dias em que eu podia me dar ao luxo de jogar metade do café fora porque não tinha fome nem preocupações. Do dia em que acordei com a chaleira assobiando no fogo.
— Dona Norma, eu quero que a senhora me avise antes de receber qualquer pessoa aqui, está bem?
— Tá bem, filha. É que eu encontrei o Cléber na rua e ele me perguntou, eu disse que tava querendo um café, e ele, pra fazer um agrado, veio até aqui, me ajudou com as coisas e ainda comprou o cafezinho.
— E ele foi pra onde depois?
— Trabalhar. Ele tava no horário do meio-dia.
— Onde ele trabalha?
— Nas guarita, filha, já te falei. De uniforme e tudo.
E tinha arma, decerto. Não perguntei.
— A senhora promete que vai me avisar?
— Prometo, filha, mas e se ele aparecer pra me fazer uma surpresa?
— Se ele aparecer pra fazer uma surpresa, a senhora diz pra ele que não gosta de surpresa e que eu também não gosto.
— Mas eu gosto.
Como é que eu ia explicar pra uma senhora idosa que a Denise tinha razão e que aquilo tudo tinha sido um grande erro? Como eu ia dizer isso?

— O que que eu faço agora?
— O quê?
— O que o quê?
— Tu disse o que tu faz agora e eu perguntei o quê?
— Pois é. Não tenho a menor ideia, dona Norma.
— Eu acho que tu tinha que arranjar um marido, Regina, porque tu já tá ficando velha. Eu tinha marido, mas morreu cedo. E eu vou te dizer. Não tem nada mais triste do que uma pessoa sozinha no mundo.

A velha olhava para dentro da xícara como se o café fosse dar alguma resposta àquele problema, como se dali fosse sair alguma coisa, qualquer coisa. Então eu enxerguei a velha ali, a dona Norma, a velha, uma velha, sozinha no mundo, na minha casa, mas sozinha no mundo, ia morrer sozinha, sem ninguém. Talvez um homem chamado Cléber pudesse aparecer para enterrar seu corpo, para chorar umas lágrimas, talvez fosse eu a fazer tudo, e eu faria se não houvesse ninguém, e não haveria. E de repente pensei que quando for a minha vez de morrer não haverá ninguém também. E que, em alguns anos, mesmo que o mundo ainda não tenha colapsado, mesmo que os índices indicativos da morte da humanidade baixem de vez, talvez seja eu a tomar café na casa de uma estranha, ou talvez seja eu na rua, cheia de sacolas, que direi estar levando para um homem chamado Cléber ou para uma mulher chamada Aline, ou ainda para um fantasma chamado Guadalupe. Senti uma dor subir por trás das orelhas, como num arrepio, como se meu sangue estivesse congelado e, a cada polegada de veia e artéria que ele percorria dentro do meu corpo, fizesse doer todos os caminhos que eu tinha escolhido até ali e todos os caminhos que as pessoas haviam tomado para que a nossa vida tivesse virado essa merda. E se eu morresse agora? Não era melhor.

— Ou mulher.

— O quê?
— Ou uma mulher. Cada um que sabe.
— Não entendi, dona Norma.
— Falei que era pra arranjar alguém, um marido

Ou uma mulher

— Tu acha?
— Sim. Pra fazer os acabamentos, acho que pode até ser melhor.
Era a primeira vez que eu visitava Eugênia. Denise estava fora. Agora Denise estava sempre fora. Depois dos problemas com o mel adulterado, muitas viagens a São Paulo começaram a surgir. Eugênia estava preocupada.
— Então eu vou ligar pra essas aí que tu conhece. Aí já acerto tudo.
— Tu que tá acertando as coisas agora?
— Tô, né. A Denise passou tudo pro meu nome e pro nome da Aline. Ai, Regina, ela tá enrolada aí, disse que não era pra eu me preocupar, mas eu tenho medo.
— Medo de quê?
— Sei lá, nem quero mexer nesse vespeiro.
Eu sabia o que ela queria dizer.
— E por uma coisa tão burra, sabe. Tão mesquinha.
Continuei quieta.

Eugênia já não tinha o mesmo brilho quando falava de Denise. Era só um desânimo. Imenso.
— Mas a casa tá bonita.
— O que adianta a casa bonita se eu tô sempre sozinha aqui? A Denise viajando sempre. Aline longe.
Meu coração se apertou.
— Por que tu não vem pra cá, Regina? É tão grande. É mais seguro. Tu arruma os papéis lá pra vender aquela casa que tá caindo aos pedaços. Fica com um dinheirinho pra ti. De repente vai visitar a Aline, hein?
— Acho que não, Eugênia.
Eu não sabia bem por que não aceitava. Era a melhor coisa que eu poderia fazer. Era o certo. Era o que poderia me ajudar a fazer alguma coisa diferente. Olhei para Eugênia avaliando as tomadas do acabamento. Pra quê? Não tem mais nada pra fazer nesse caralho. A água tá podre. A comida é puro veneno. Eu nunca vou poder mudar nada. Eu não tenho dinheiro pra nada. Então pra quê?
— Tu vai hoje trabalhar na Tânia?
— Vou. Ela chamou.
— Quem sabe eu não vou junto pra dar uma espairecida?
— Isso. Vamos.
— Vai me fazer bem.
— Vai, sim.
— Então espera eu tomar um banho que eu já vou, e tu aproveita a carona.
— Mas eu tenho que ir em casa antes. A gente se encontra lá.
— Tá bem.
— Obrigada mesmo pela grana.
— Não é nada. Não fica passando dificuldade, tu pode contar com a gente, Regina.
Eu não sei se a Eugênia entendia bem as coisas. Eu não sei

mais se algumas pessoas chegam a se compreender de verdade ou se sempre estivemos sozinhas. Não sei. Eu tinha vontade de voltar para algum lugar seguro, mas eu não sabia pra onde, não sabia se esse lugar já tinha existido. Eu queria ir embora, mas pra onde? Pra quê? Nessas horas, eu nem sabia bem por quê, mas pensava muito na minha própria

Morte

A mulher deitada no chão batido.
Juntou um monte de gente pra olhar. A mulher lá deitada. Com a cara na terra. Na beira da estrada. Foi um menino do acampamento que viu e saiu correndo para chamar os adultos, que não se aproximaram até que alguém responsável chegasse ali. Era tudo, tudo muito organizado, muito burocrático, alguns diriam, muito hierárquico, diriam outros, mas era só respeito e esperteza, construção característica das sociedades horizontais.
Então, quem vai cutucar a mulher?
Eu que não.
Acho que é a tal bruxa.
Alguém conhece?
Com essa roupa? Acho que nunca vi.
Vocês não ouviram a história da bruxa que anda com uma cabeça de gorila?
A bruxa que vira bicho!
Então Lupe se mexeu.

Tá viva! — gritou uma menina, e foi correndo ver a cara. — Não é a bruxa, tem cara de velha. E não é a Sandra.

A tal Sandra estava desaparecida fazia dias. Estavam lidando com sequestros e assassinatos das lideranças. Lupe ergueu a cara bem dormida e disse oi às pessoas. Disse que estava muito cansada e que acabou dormindo ali. E pediu um copo d'água, como se tudo fosse algo muito comum. E era.

Alguém foi buscar a água e a ajudaram a se levantar, percebendo, então, que ela tinha uma perna postiça, quando ajeitou o pé virado.

Lupe explicou, quando lhe perguntaram, que saiu a caminhar um dia. E que estava cansada. Que queria ter um lugar fixo por um tempo, mas que não achava mais os amigos. Que havia perdido contato depois de muitos anos. E que tinha uma filha no sul do Brasil, mas que não sentia vontade de ir para o Sul.

É frio demais. Eu passei um tempo lá. Não dá.

Eu nasci no Rio Grande do Sul, mas faz tempo que saí de lá.

E a sua filha?

Não vejo desde pequena. Está com trinta e seis anos. Deve ter uma família, deve ser até

Mãe,

Eu nem sei como te contar isso. Nossa casa pegou fogo. Não sobrou nada. Meus livros, as colchas, minhas roupas, a cama, o armário, os espelhos, os copos, o chão, a única foto que ainda não tinha sido consumida por algum fogo, tudo. Quando eu cheguei, os bombeiros estavam falando com os vizinhos. Não temos mais muitos vizinhos. Não tem mais muita gente aqui na cidade. Desde que as fábricas dos arredores fecharam. Não se faz mais caminhão, mãe. Quem vai comprar caminhão com o preço da gasolina do jeito que tá? Também quem leva e traz produtos é tudo gente grandona. E quem sobrou aqui não precisa de caminhão.

Mãe, eu lembro que tu dizia pra lavar bem as frutas pra tirar o veneno. Pois não adianta mais. Nem lavando. Tá tudo envenenado. Tá tudo desmatado pra criar gado, mas a carne é cara igual. Tem um monte de gente morando na rua. As coisas foram ficando muito ruins, muito rápido. Tem o presidente, que eu não sei se tu sabe quem é. Eu adorava a mulher dele quando era pequena. Tu lembra que eu queria participar de um fã-clube? Que eu voltei pra casa com uma carteirinha e te disse que ia custar uma quantia de dinheiro que não lembro agora qual era, mas não era muito, só que tu e o pai não tinham muito e tu achou bobagem e não me deu o dinheiro e no dia seguinte a minha colega pediu minha carteirinha de volta e picotou ela com a tesoura na minha frente e disse que se eu não podia pagar também não podia fazer parte do fã-clube? Pois é, mãe, são essas pessoas que agora administram e governam e regem o mundo.

Essas pessoas como a minha coleguinha, cujo nome não lembro se era Simone ou Cinara ou Sílvia, são essas pessoas os capachos ricos das pessoas que são ricas de verdade, as pessoas que não têm o menor dó de cortar a carteirinha de fã-clube ou a participação na sociedade, caso tu não consiga pagar uma quantia. Mas eu quero é falar do presidente. Mesmo com suas ótimas intenções de ajudar quem merece a se reerguer, mesmo assim, com essas ótimas intenções, ele continua sendo do grupo das pessoas que cortam a carteirinha de fã-clube. Tem muita, muita gente na rua, como eu te disse. E eu fiquei com pena da dona Norma, que era uma dessas pessoas. A única coisa que eu podia fazer era dar um teto praquela velhinha. Era inverno. Tava um frio do cão e eu tinha acabado de sair do hospital, tive pneumonia. Não podia deixar a velha no frio e na chuva, mãe. Não podia. Eu tenho pra mim que tu faria o mesmo. Mas aí, depois disso, me tornei responsável por ela. Não queria que ela passasse fome, que passasse frio, não queria que ela recebesse visitas do Cléber, mãe. Mesmo que ele levasse café pra gente. E café é uma coisa que não é barata. Mesmo praquele café solúvel, o Cléber precisava ter dinheiro. E eu fiquei com medo de que ele aparecesse do nada e tentasse ficar em casa também, e sei lá o que mais passou pela minha cabeça. Bem que a Denise avisou. Imagina se o Cléber entra lá uma noite. Tu sabe o que aconteceu com a Aline, mãe? Tu não sabe. Primeiro eu falei pra dona Norma, achei que ela tinha entendido, mas depois ela disse que o Cléber tinha ido de novo, então eu fui mais dura. Aí ela pareceu não entender, então eu tirei a chave que ela tinha. Ela saía comigo ou ficava trancada. Mas tem o patiozinho ali. E as janelas, mãe. Tem grade. Não sei desde quando tem as grades. Mas aí pegou fogo e ela não conseguiu sair. Não conseguiu. E

A culpa é minha

Engasguei no choro de novo.
— A Eugênia deixou uma toalha pra ti ali no banheiro, tá? A gente vai dar um jeito nisso.
— Denise — engasguei de novo.
Paranoia estava parada no fundo do corredor e me olhava com uns olhos brilhantes.
— Regina, não foi culpa tua. A fiação tava toda ruim. A casa era velha, não tinha como prever.
— Mas ela ficou presa lá dentro, caralho.
Denise se ajoelhou na minha frente e segurou minha cabeça, que pesava uma tonelada naquela hora.
— Não foi culpa tua. Não foi. Tu só quis ajudar a mulher, como tu ia adivinhar?
Eu só conseguia chorar e pensar que não podia contar sobre o cara que de vez em quando ia lá, o cara que se chamava Cléber e que decerto nem era filho da dona Norma, eu não podia dizer que ela tinha razão, que, em primeiro lugar, eu não devia ter levado a velha pra casa. Mas, se eu dissesse qualquer coisa assim,

eu tinha medo de que um chorume qualquer escorresse da boca da Denise, algum discurso pervertido, perverso, meritocretino. Não sei. Qualquer coisa. Então eu continuei chorando. Porque eu era uma mulher de quarenta anos que não tinha mais nada que desse sentindo pra vida. Eu podia morrer ali mesmo que não faria diferença nenhuma. Eu não sentia nada pela Denise nem pela Eugênia, nem gratidão nem ingratidão. Eu só não me matava ali porque não queria estragar ainda mais a vida delas. Eu era uma bosta de um fracasso.

— Regina, toma isso aqui. Toma um desses que tu vai dormir superbem. Tu vai ver que uma noite bem-dormida deixa a gente com a cabeça mais arejada.

Eu nem havia visto de onde a Eugênia tinha saído com aqueles remédios. Toma um banho e toma um desses. Tomei o banho. O chuveiro era a gás e eu não sabia que maravilha era aquilo. O chuveiro lá de casa era elétrico e tinha pouca pressão. Ali a água jorrava vigorosa sobre o corpo. E depois de cinco minutos se desligava sozinha. Aí tinha que esperar dois minutos para religar. Era um sistema de economia. Fiquei parada no boxe, sem roupa. Meu computador já era. Minhas coisas. As coisas da Divaine. Talvez ela mesma tenha ido embora. Olhei minha barriga, minhas coxas, meus joelhos, meus pés. Passei a mão numa cicatriz. Passei a mão no rosto. Me sequei. Tomei o remédio. Eu matei uma pessoa. Matei?

— Não foi culpa tua.

Nenhum remédio me faria bem. Fiquei a noite toda acordada, lembrando das coisas

Desimportantes

Nenhum daqueles homens me dizia nada. Nenhum me importava um centavo. E, quando minha cabeça entrava naquela máscara, não era mais eu. Não sei o que acontecia. Era outra coisa ali. Naquele dia só me importava gozar. Eu nem dizia nada pros caras. Eu só me masturbava com a mão, com canetas, lápis, dildos, travesseiros, o canto da mesa, livros, tubos de desodorante, qualquer coisa, um atrás do outro eles vinham como imagens irreais, eu não falava nada, e era impressionante como só o fato de eu estar na tela me tocando já os deixava com tesão. Não sei o que imaginavam, não sei que fantasia podiam criar ali naqueles dois segundos entre a aparição da minha imagem e sua realização. Só sei que ficavam duros quase que imediatamente e diziam qualquer coisa que eu não fazia questão de ouvir. Até que eu cansei. Cansei daquilo. Cansei de não sentir nada, absolutamente nada de nada, só um calor desumano na cabeça, e sem parar de me tocar, sem parar de respirar pesado. E respirava cada vez mais pesado, como se fosse areia molhada e quente em vez de ar. Eu gozava e não gozava, e o peso e a tensão continuavam lá dentro de mim, em cima de mim, ao meu redor. Não adiantava. Nem com a Paula nem com a Lu, nem comigo mesma. Sequestraram o meu gozo. Sequestraram o meu prazer. Até que eu tirei

A máscara

Por que a senhora carrega isso na bolsa?
Eu ganhei. Eu gosto.
Mas por quê? Ganhou por quê?
Eu era a Monga — apertou os olhos, revisando sua vida —, uma Monga. Mas a Monga.
Lupe largou a sacola num canto, pôs o boné e pegou a enxada. A outra mulher ofereceu água. Lupe agradeceu. Ficaram meio sem jeito de dizer que não sabiam o que era a Monga.
Mas e aí a senhora carrega essa cabeçona sempre?
Sempre.
Pra cima e pra baixo? — Eles se olharam e riram.
Sempre — Lupe responde olhando pra elas.
A senhora não tem medo de assustar as pessoas?
Não — e ficou um tempo em silêncio —, mas, pensando bem, acho que já ficaram com medo de mim ou da cabeça.
As mulheres se olharam.
Hoje nós vamos limpar a terra. Só depois a gente planta.
Depois vamos nos reunir no barracão grande, o de toldo de lona,

para ver quem fica com as crianças e quem vai junto conversar com as lideranças. Precisamos pôr mais mulheres lá. Aqui, eles não mandam, não vão fechar nada por aqui. Mas a senhora não precisa fazer isso se não quiser.

Eu prefiro não fazer nenhuma das duas coisas. Mas escolher entre as crianças e os inços, prefiro os inços. Prefiro ficar limpando a terra. Posso ir plantando.

A mulher acha Lupe um pouco estranha. Mas não questiona.

A senhora não vai ficar cansada?

É, ainda mais com a perna ruim.

Minha perna é boa.

A mulher não soube o que dizer.

A que sobrou é boa. A outra eu não sinto, porque é de mentira, mas tem que estar ali pra eu poder ficar em pé.

A mulher achou aquilo uma ótima metáfora. Mas era só como Lupe enxergava a realidade.

Depois a gente vê. Vamos começar.

Lupe ajeitou o boné vermelho e começou a capinar. Na sacola, os olhos vazados da cabeçona espiavam.

SEGUNDA PARTE

Quem não cuida de si que é terra, erra
Que o alto rei por afamado, amado
É quem lhe assiste ao desvelado, lado
Da morte ao ar não desaferra, aferra

Astrônomos descobrem a Radcliffe Wave, uma estrutura em forma de onda na Via Láctea. Nove mil anos-luz de comprimento por quatrocentos anos-luz de largura. Parece uma crista de galo, vermelha. Foi o satélite Gaia que fez as imagens e as medidas. Os especialistas de Harvard noticiaram o fato com surpresa, porque não imaginavam que nosso sistema solar estaria tão perto de um berçário de estrelas. E tudo isso nos faria repensar o formato da Via Láctea. É como jogar pedras num lago e fazê-las ricochetear na água. Lembro de estar sorrindo ao ler essa notícia. Um filamento de gás. Tão simples. É magnífico.

Uma colmeia é algo extremamente complexo. É designada colmeia o ninho de uma colônia de abelhas. Abelhas usam cavidades, cavernas ou árvores ocas para estabelecer suas colmeias, mas, se o lugar for quente, a colmeia pode ser apenas suspensa. É a imagem clássica de uma colmeia. Se o mel não for drenado de tempos em tempos, as colmeias se tornam inabitáveis. As colmeias suspensas não têm mel. As colmeias modernas foram pensadas para que a extração do mel fosse mais fácil. Depois da morte das abelhas, colmeias artificiais foram criadas. Elas têm o formato clássico por motivos comerciais e afetivos. O mel produzido com a glicose do açúcar de cana é colorido artificialmente. Dizem que um zumbido constante atravessa os campos-fábricas e que os funcionários colhem o mel com roupa apropriada, telas no rosto, respiradores e luvas, isso para não contaminarem o néctar com o choro da ausência e do arrependimento. E para não se contaminarem com o veneno do ar. Depois da morte das abelhas, os homens ficaram mais sensíveis e começaram a tomar probióticos para aliviar os sintomas da febre gastrointestinal, mas morrem do mesmo jeito. Depois da morte das abelhas, repensaram os limites do consumo, mas já não havia muito. As mulheres começaram a procurar cavidades, construções abandonadas, cavernas e árvores ocas para reestabelecer suas famílias, as mulheres ficam suspensas, à espera de um zunido.

Nadia Murad, laureada com o Prêmio Nobel da Paz de 2018 e ex-prisioneira yazidi, se tornou a voz das escravizadas sexuais do Daesh. Três mil mulheres continuam desaparecidas. Acredita-se que a maioria delas esteja nos últimos lugares controlados pelo grupo jihadista na Síria, dezenas dos quais se acredita serem lares de ex-membros do Daesh na Turquia e no Iraque. A Justiça iraquiana, por sua vez, disse que mais de "616 homens e mulheres" de origem estrangeira foram condenados no Iraque em 2018 por pertencerem ao Daesh. Entre eles, "508 adultos [...], incluindo 466 mulheres e 42 homens, bem como 108 menores — 31 meninos e 77 meninas". Centenas de outras pessoas ainda estão sendo interrogadas pela promotoria.

No Brasil, foi criado um jogo inspirado nessa prática criminosa, cujo objetivo é perseguir mulheres lésbicas e trans e homens trans. O governo se absteve de agir. Não houve um pronunciamento oficial. Disseram que a existência do jogo era mentira. Os assassinatos, desaparecimentos, agressões e violência sexual cresceram. Até que começou a existir revide.

Quando o fim do mundo chegasse, coisa que eu nunca tinha pensando a não ser pela força da ficção, da literatura, dos filmes, eu achava que teríamos algum objetivo, como chegar a algum lugar a salvo, algum lugar onde pessoas estivessem construindo uma arca, uma passagem, uma máquina do tempo ativada por fissão nuclear, por resíduo de etanol de segunda geração ou por qualquer outro resíduo biológico. Quando eu via nos filmes as pessoas juntando itens de necessidade, armas, mantimentos, achava que estavam se preparando para enfrentar um inimigo comum e que depois rumariam para um porto seguro, marchariam para a salvação.
　Essa gente do fim do mundo.
　Quando tudo virou um caos, ninguém nem sabia como agir. Abandonaram as cidades, os estados, o país. Como gafanhotos que, depois de terem terminado com tudo, voam em nuvem. Jatinhos e helicópteros voavam desordenados no céu, junto de aviões de carga e de passageiros. Carros ocupavam as vias. Caminhões tombados, barcos à deriva. Para onde estariam indo?

Ninguém sabia. Estavam todos sozinhos. Imensamente sozinhos. Cada um em seu fim.

O plano lançado incentivava que turistas do volunturismo viessem no verão, depois do ciclone tropical. Foram forçados a caminhar num calor sufocante em torno de lixeiras que transbordavam. O fedor pungente do lixo negligenciado continuava atraindo animais. A ameaça de doenças irritou os moradores dos condomínios da Cidade Eterna, que reclamaram do gerenciamento de lixo dos arredores. O maior inimigo do meio ambiente é a pobreza, porque as pessoas pobres destroem o meio ambiente para comer, disse o ministro da economia do Brasil no foro de Davos há alguns anos. A notícia foi dada pela bancada de jornalistas já conhecidos da população. Na televisão, ninguém disse que grande besteira, que grandessíssima besteira era aquela declaração. Discursos higienistas começaram a brotar e, em poucos meses, novos condomínios propagandeados como ecológicos e exclusivos surgiram no mercado imobiliário. Ali, nenhum pobre estragaria a natureza. Ali, o simulacro era perfeito.

Quantos mundos já colapsaram antes deste? Quantos cataclismos? Invasões que significaram o fim para uns e o começo para outros? Para outras, nunca. Modos de ser, modos de fazer, modos de usar, invenções impostas. Uns chamam de colonialidade, outros chamam de a destruição dos mundos possíveis. Outros chamam de começo. Nascer morrer nascer morrer e tudo o que existe nesses verbos. Conflitos orquestrados com cliques. A gente pensou que daria um jeito. Isso é bonito e é tão triste... A gente sempre dá um jeito. A humanidade pode ser como as pragas que afetam tudo, que ocupam tudo. Daríamos um jeito de sobreviver a mais uma catástrofe — usamos a palavra de modo tão banal... —, a mais uma tragédia. Anunciada, repórteres adjetivavam. E era. Incêndios. Mísseis. Negligências. Arrogâncias. O colapso do sistema e como isso era muito, muito ruim. Pra quem? Assistimos às imagens na tela do computador. Nos stories do Instagram, enviamos tudo por mensagem de texto e vídeo, nos nossos aplicativos favoritos, porque a tecnologia iria nos alertar, a tecnologia iria nos salvar, iria nos conectar, mas estávamos lá descoladas, sentadas, deitadas, com nossos pescoços em L e nossos polegares opositores dançando rapidamente sobre nossos *black mirrors* pessoais, intransferíveis e impossíveis de largar, digitando em caixa-alta palavras de assombro.

O céu escureceu ainda mais no início da tarde, assustando os moradores. De acordo com o Instituto Nacional de Meteorologia (Inmet), o tempo fechado é efeito de uma frente fria na região leste e de grandes queimadas trazidas pelo vento na divisa dos estados do Mato Grosso e Mato Grosso do Sul, na altura da fronteira com Bolívia e Paraguai. E desce. O efeito é causado ainda pela mistura do vento que sopra do interior com o vento úmido dos oceanos das regiões Sudeste e Sul. Segundo o Instituto de Pesquisas Meteorológicas (IPMet), nesta época do ano não é muito comum o dia parecer noite. Isso ocorre quando há bastante nebulosidade, a ponto de deixar o dia coberto. A situação se repetiu em várias cidades, às quatro horas da tarde o céu já estava escuro. Uma chuva fina caía. Seguimos tossindo.

Confrontos começaram nas ilhas gregas de Lesbos e Chios, onde moradores tentaram impedir a chegada de policiais e máquinas de escavação para a construção de novos campos de detenção de migrantes. A polícia disparou gás lacrimogêneo para dispersar a multidão que tentou impedir que oficiais desembarcassem de balsas fretadas pelo governo. Em Lesbos, manifestantes atearam fogo a caixotes de lixo e usaram caminhões municipais de lixo para tentar bloquear a área portuária. A polícia revidou com granadas. Algumas famílias levaram suas crianças para uma parte abandonada da cidade e as deixaram lá, supostamente seguras, brincando numa construção. As crianças encontraram uma caixa cheia de dinheiro. Passaram a tarde fazendo barcos e aviões com aquele papel, rasgando confetes e acendendo granadas com as notas amassadas, imitando o que sabiam. No fim do dia, enterraram o resto do seu tesouro de brinquedo, para que nunca ninguém o encontrasse. O governo diz que vai avançar com os planos de construção das novas instalações e prometeu substituir os campos existentes, onde a superlotação severa piorou nos últimos meses.

Paranoia me acompanha.

O bicho está sempre comigo. É muito ansiosa. Assustada. Qualquer barulho a faz esbugalhar os olhos e procurar alguma sombra, um rastro.

Somos quase uma. A simbiose perfeita do delírio. Eu, desengonçada demais. Como se ela fosse capaz de corrigir o meu desequilíbrio.

Uma mulher que é um bicho. Medrosa.

Uma coisa avançada demais, uma mutação que ninguém foi capaz de prever: a mulher de quarenta anos; felinos em geral; orangotangos; ciborgues.

No início, assistimos à crise das embaixadas. A cara feia dos homens cerrando as mãos em acordos que não agradaram os imigrantes recém-chegados, os da classe alta, que estavam comprando propriedades no exterior. Com os outros eles não se incomodavam. Mas o dinheiro já não dizia nada. O dinheiro não pagava a desgraça que esses gafanhotos iam deixando. Quando eles foram impedidos de circular, aí acharam que a coisa era grave. Tomaram ciência de si. Tu compreende? Olha pra mim, dentro dessa jaula. Olha no meu olho pelo vazado da máscara. Tu tem coragem de tirar a tua? Tropa de ignorantes. Gente mau--caráter. Paula foi embora num dos últimos voos. Ainda conseguiu entrar. Foi o fim.

A mulher olhava fixamente para o dispositivo e repetia cada frase como se estivesse aprendendo um idioma novo: Cana é agro. Cana é agro. Desde o Brasil colonial a cana ajuda a movimentar a nossa economia. Desde o Brasil colonial a cana ajuda a movimentar a nossa economia. Hoje a cana gera um dos maiores faturamentos do campo. Hoje a cana gera um dos maiores faturamentos do campo. R$ 52 bilhões. R$ 52 bilhões. Um sucesso brasileiro há quinhentos anos. Um sucesso brasileiro há quinhentos anos. Cana é agro. Cana é agro. Agro é pop. Agro é pop.

O PRESIDENTE DA REPÚBLICA, no uso de suas atribuições constitucionais e legais;
CONSIDERANDO o mandamento constitucional da eficiência, exteriorizado através da racionalidade no gasto dos recursos, de medidas antiburocráticas, destreza e ausência de tecnocracia;
CONSIDERANDO a necessidade de serem implantadas e difundidas as medidas para otimização dos gastos e distribuição de recursos no âmbito da Administração Pública e de seus órgãos vinculados;
CONSIDERANDO que a redução racional dos gastos e a distribuição de recursos implica diretamente uma perda de qualidade do serviço público;
CONSIDERANDO, finalmente, a necessidade de manter a responsabilidade na gestão fiscal, que se dá, dentre outras ações, com o equilíbrio entre a receita e a despesa públicas;

DECRETA:

Art. 1º - O encerramento total e imediato da zona mapeada e determinada 34-S-NO-RS;

Art. 2º - Os órgãos e entidades da Administração, bem como o abastecimento de serviços básicos de água, luz, saneamento, alimentação e internet deverão ser descontinuados permanentemente;

Art. 3º - O Poder Executivo, por ato do Senhor Secretário da Secretaria de Controle do Colapso, comunicará ao Poder Legislativo a respeito do contingenciamento fixado no presente Decreto, para a adoção de providências imediatas;

Art. 4º - Este Decreto entra em vigor na data de sua publicação;

Art. 5º - Revogam-se as disposições em contrário.

Disseram que a estrela mais antiga da constelação de Orion explodiria. Isso faria com que tivéssemos por alguns anos um segundo sol, menor e menos potente, que brilharia dia e noite. Betelgeuse é seu nome. Astrônomos e astrônomas têm notado seu brilho diminuir e preveem que a estrela desaparecerá da constelação, se tornando uma supernova. Alguns dizem que, se ela explodir, destruirá a Terra. Outros dão risada dessa ideia. O fato é que ninguém sabe muito bem o que acontecerá com a estrela que viu a humanidade nascer. A supernova de Betelgeuse acontecerá a 700 mil anos-luz da Terra e permanecerá nesse estado por mais de três meses. Será vista por um ano e levará outros dois para finalmente deixar de ser visível. Assim Betelgeuse desaparecerá da constelação de Orion, e deixaremos de vê-la para sempre. Durante o tempo abstrato desse fenômeno, no mundo inteiro haverá apenas luz. Sempre.

Cientistas identificaram uma espécie de animal que sobrevive sem oxigênio, o *Henneguya salminicola*, um parasita microscópico que vive nos tecidos musculares dos salmões. A espécie pertence à classe myxozoa, um subgrupo dos cnidários — filo que inclui as águas-vivas —, e possui cerca de dez células apenas. Sequenciando seu material genético, os pesquisadores descobriram que ele não possui DNA mitocondrial. Até agora, acreditava-se que todos os animais precisassem de oxigênio para viver. O processo de adquirir energia sem oxigênio é conhecido e se chama anaerobiose, mas até então havia sido observado apenas em seres muito menos complexos, como bactérias e fungos. Os pesquisadores acreditam que, ao longo da história, os membros do grupo myxozoa tenham perdido diversas características complexas, como tecidos musculares e células nervosas, para se tornarem parasitas mais simples e efetivos, capazes de se reproduzir em grande quantidade. Isso porque perder essas características significa perder genoma, o que exige menos energia na hora de se replicar e se reproduzir. O estudo não encontrou uma resposta definitiva sobre como eles se mantêm vivos, mas a equipe teoriza que o parasita possa roubar energia diretamente do hospedeiro. A descoberta pode questionar o próprio conceito de "animal".

O glifosato, o herbicida mais utilizado no mundo, encontra--se em noventa por cento das lavouras de soja. É usado em jardins, na limpeza de estradas e ruas, na plantação caseira.

A imagem é espetacular: abelha sobre concreto, patas ao céu.

Numa pesquisa, abelhas saudáveis foram expostas a níveis da substância normalmente encontrados em plantações e jardins. Pequenas manchas no dorso as diferenciava quanto a esses níveis de exposição. Quando recapturadas, elas já não estavam saudáveis. Eventualmente, as abelhas deixaram de existir. Os homens e as mulheres que trabalhavam nessas plantações já não eram saudáveis, mas, ao contrário das abelhas, continuaram morrendo para sempre, continuariam morrendo enquanto preciso fosse, tinham manchas nas costas e por dentro, nos órgãos, manchas, feridas, febres intestinais, doenças pulmonares, e continuavam morrendo.

Depois de uma prolongada exposição aos agrotóxicos, ocorrem também casos de suicídios associados ao contato ou à ingestão dessas substâncias. O antigo Ministério da Saúde registrava cerca de vinte e cinco mil ocorrências de intoxicação por agrotóxicos a cada três anos. As regiões mais afetadas eram o Paraná, em primeiro lugar, com mais de três mil e setecentos casos. Em 2018, soja, milho e cana-de-açúcar consumiram oitenta e oito por cento dos pesticidas comercializados no país. Durante o reconfinamento, devido a uma nova pandemia, seu Francisco envenenou a família toda. Fez uma bela de uma refeição com tudo o que tinha sobrado e os venenos no vinho em tudo. Não aguentou. Não precisava mais encarar o fim, já estava cansado. Não houve velório. Animais à mesa. Todos mortos.

Os caminhões de lixo começaram a chegar todos juntos, despejando os dejetos do resto da população, as sobras industriais, as embalagens contaminadas pelo veneno ainda usado nas plantações não muito longe dali, cada vez mais para dentro do que era cidade. Soluções incríveis consistiam no empilhamento dos resíduos e às vezes em sua queima. Li uma vez sobre uma cidade chinesa que havia acabado. Tinha virado um lixão de refugo tecnológico. A princípio, as pessoas ficaram. Tu ficaria? E tentaram sobreviver do trabalho cooperativo de reciclagem, mas os componentes que não serviam à reciclagem e os que davam muito trabalho para separar começaram a atingir grandes quantidades, formando pilhas, montes, montanhas tóxicas. O lixo do consumo não parava de chegar. A cidade estava atulhada, não havia mais vida, tudo era feio. Tentaram renovar as vias com grandes esculturas pintadas. Alegria. Elas foram destruídas pelos cidadãos. Tristeza. A culpa é deles, disseram em coro. E se mataram numa briga de gangues rivalizadas e divididas por tipos de componentes. Assistimos a outra reportagem na mesma época, sobre Gana, sobre os efeitos tóxicos do lixo eletrônico em Accra, sobre as lufadas de vento ácido, sobre pessoas ficando cegas, sobre viverem caminhando, comendo, cagando e morando em cima de toneladas de lixo. Tu soube? Vimos imagens de cabras e crianças comendo lixo. Nos lembramos de um documentário antigo chamado *Ilha das Flores*. Nele, os porcos comiam antes das pessoas. O fim do mundo já acontecia fazia tempo bem na nossa vizinhança. E assistíamos a ele como se fosse ficção, como se não fosse problema nosso. Nos recusávamos a encará-lo, a vivê-lo. Comíamos bons pratos de tomates corpulentos e vermelhos, rotulados de orgânicos, até quando não mais existiram. Depois continuamos comendo tudo, até não haver mais. E nos igualamos aos entes do fim do mundo. Aos porcos, às cabras, mas, principalmente, às pessoas para as quais nunca olhávamos direito. Tu já olhou? E quisemos nos juntar àqueles que não tinham mais ideias de como segurar o céu que ajudamos a fazer desmoronar. Desistimos sem nunca ter erguido as mãos. Sem nunca imaginar a força necessária. O céu caiu pesadamente sobre a nossa cabeça. Não houve dissolução.

Em três meses, de dezembro de 2018 a fevereiro de 2019, pouco mais de quinhentos milhões de abelhas foram encontradas mortas por apicultores apenas em quatro estados brasileiros, de acordo com um levantamento da Agência Pública/ Repórter Brasil. Foram quatrocentos milhões no Rio Grande do Sul, sete milhões em São Paulo, cinquenta milhões em Santa Catarina e quarenta e cinco milhões em Mato Grosso do Sul, segundo estimativas de associações de apicultura, secretarias de agricultura e pesquisas realizadas por universidades. O número de abelhas mortas triplicou nos anos seguintes, tornando-se um dos principais indicadores de monitoramento do colapsômetro. Mas ninguém fez nada a respeito. Só observavam as luzes dançando para cima e mais para cima. Até que elas explodiram. O Rio Grande do Sul, estado que viu parte de sua população de abelhas ser dizimada no ano de 2019 por conta do uso incorreto de inseticidas, acendeu o sinal de alerta mais uma vez. A Cooperativa dos Apicultores Gaúchos relatou dois casos na Fronteira Oeste, com a perda de pelo menos quinze milhões de abelhas. A suspeita é que a morte tenha sido causada pelo inseticida Fipronil, usado nas lavouras para exterminar insetos como formigas. Esses quatrocentos milhões de abelhas representaram cerca de oitenta por cento do total das mortes do inseto em todo o país em 2019. Ativistas dizem que os bloqueadores de sinal da internet via wi-fi emitem ondas capazes de matar insetos e que a morte das abelhas está relacionada à instalação dos duzentos bloqueadores em função das sanções aplicadas na região sul.

Um carro transitava vagarosamente pelas ruas. Raro. Onde conseguiram gasolina? Era gente importante, certamente. Um dos homens levava uma arma, o outro dirigia. Não faziam nada. Patrulhavam a área. Procuravam comida, lixo bom pra vender. Quem sabe. Procuravam uma mulher específica que tinha roubado algo específico de uma pessoa específica. Quem sabe? Ficamos dentro do prédio. Num dos apartamentos, encontramos sardinhas enlatadas e comemos um banquete. Depois chegou um homem e disse que tínhamos comido a comida dele e que precisaríamos pagar. Ele só nos bateu. Porque, quando abriu a calça para tentar algo mais, se mijou de fraqueza e caiu. Tinha um tumor enorme na virilha. Não tinha força. Tinha raiva e tristeza, como nós. Não tinha força nenhuma. Abri outra lata e despejei o conteúdo em sua boca. Comeu chorando e em silêncio. Fomos embora. O que tu faria? O fim do mundo com aquele homem era muito pior.

No dia 25 de janeiro de 2019, uma abelha sugava o néctar de uma flor solitária nascida no meio de uma pedreira. Foi o tempo de levantar voo. O calibre da arma do crime: 12,7 milhões de metros cúbicos devastando 270 hectares. Cerca de 126 famílias do povo krenak viviam espalhadas em sete aldeias às margens do rio Doce. Antes do desastre do Fundão, elas pescavam, caçavam e viviam abastecidas pela água do rio; depois, com a poluição gerada pela lama dos rejeitos, os indígenas ficaram dependentes dos recursos estatais e da alimentação comprada em grandes supermercados. As terras foram comprometidas, os krenaks não podiam mais plantar. Os animais desapareceram da região. O rio está morto. Levará décadas para se recuperar. O aniquilamento dos ecossistemas de água potável, vida marinha e mata ciliar eliminou a vida ribeirinha. Em 2017, a ONU publicou um relatório sobre barragens de minério (*Mine Tailing Storage: Safety is no Accident*). O evento mais trágico nos trinta e quatro anos anteriores havia ocorrido em 1985, em Stava, na Itália, onde

180 mil metros cúbicos de rejeitos administrados pela Prealpi Mineraria mataram 267 pessoas.

Três meses depois do desastre de Brumadinho, foram contabilizados 231 mortos e cerca de 50 desaparecidos. Passados onze meses do rompimento da barragem, esses números foram alterados. Com o prosseguimento das buscas, mais corpos ou partes de corpos foram localizados, e novas informações chegaram sobre os desaparecidos, contabilizando-se, então, 259 mortos e 11 desaparecidos. O evento de Brumadinho pode ser considerado o segundo maior "desastre" industrial do século e o maior "acidente" de trabalho do Brasil. Mas nós sabemos que foi negligência. Nunca houve previsão de recuperação para a área.

Sempre é dia. Caminhei pelas ruínas naquela luz parca, suja, que não me dizia se era cedo ou tarde demais. Ou se já não havia mais tempo. Quando havia menos olhos espreitando. Bichos. Quando não havia luz, a paisagem era menos óbvia, um tanto feita de imaginação, de cenários possíveis. Como se ainda houvesse futuro por ali, naquela perene claridade em que éramos obrigadas a ver tudo, tudo, absolutamente tudo. Quando tu imaginou o fim do mundo, não era o fim do teu mundo que tu imaginava, era? As estrelas que nasciam, prolíficas, recém-descobertas pelos estudiosos, não tiveram nada a ver com o fim. Eram uma fonte de vida. Nós, uma fonte de morte. Nossos finais. Tu comprou uma extensão do prazo para o apocalipse e seguiu dentro do teu carro, da tua casa, da tua vida privada, não compartilhada realmente, mas muito compartilhada virtualmente, exploratoriamente. Não, as coisas não pararam para todos, como pensávamos. As coisas seguiram para poucos, para muito poucos, como suspeitávamos.

O fotógrafo disse que a imagem era um modo de testemunho social, de proclamar amor aos enxotados, aos párias da sociedade. Na imagem, um tamanduá-mirim. Foi visto pelo homem à beira da BR Cuiabá-Santarém. O homem pulou a cerca ao ver o bicho saindo da queimada. Estava cego e queimado, o bicho, quando percebeu a aproximação do homem. Tentou se defender e abriu as patas como se dissesse não se aproxime. Talvez estivesse apenas avisando "não se aproxime". Cinquenta mil focos de incêndio e de acusações falsas. A Amazônia ardeu. Os contratos econômicos arderam junto. A confiança ardeu. Meu coração ardeu. Às vezes eu me pergunto se fiquei louca. Se estou cega como o tamanduá da foto. Ou se, na realidade, estou enxergando melhor. Quero me juntar àqueles que já se organizaram para resistir ao fim do mundo. Mas eu não os encontro mais. É tarde. Queria me juntar aos que sempre gritaram, mas eu não os encontro mais. É tarde. Talvez estejam em um lugar secreto, longe de tudo o que acontece aqui. Como eu faço para chegar lá? Como eu faço? Para quem eu pergunto? Tu sabe?

Há alguém vestindo um macacão de biossegurança na frente de um posto de gasolina abandonado. Veste também uma cabeçorra do Mickey Mouse. Vende balas de goma no sinal. Ninguém o vê. Ninguém se interessa por suas doçuras. Agora me pergunto se isso poderia mesmo ser algo antes do fim. O tempo era irrelevante. Tinha dias em que ficávamos sentadas, dentro de algum lugar, escondidos, pensando em como tínhamos chegado ali. Hoje achamos um telefone que ainda funcionava. Me lembrei do que senti quando ganhei meu primeiro celular. Era da escola de idiomas onde eu trabalhava. Enorme. Dormi com ele pra fazer de conta que eu era alguém indispensável. Não só eu. Todo mundo achou, em algum momento, que aquele item tornava quem o tinha alguém indispensável. E fingíamos estar em ligações importantíssimas andando pela rua, dando ordens, resolvendo problemas, como se alguém tivesse feito algo errado e fôssemos responsáveis pela correção daquele erro terrível. Depois compramos ou ganhamos telefones novos, vindos da China, que demoravam muito tempo para chegar. Mas eram muito mais baratos. E deixamos aqueles outros em gavetas. Os telefones estragavam em pouco tempo, e acabávamos comprando ou ganhando outros mais velozes e espertos, cujas baterias duravam mais. Era bom, era *touchscreen*, era plano empresarial, familiar, consórcio, e poderíamos trocar todos os anos se quiséssemos. Perguntamos por quê? E nos disseram que era para nos manter atualizadas. Havia redes, e podíamos acessar todas elas dali, jogar todos os jogos, investir em ações, se quiséssemos, e avaliar a nossa saúde e mostrar a nossa vida com filtros e caixas de perguntas. Ganhamos ou compramos celulares em sequência. Até que enjoamos e começamos a nos sentir pressionadas pelo mediatismo incisivo e dissemos que não queríamos, que estávamos produzindo muito lixo, que não tínhamos mais nenhum interesse nem nas redes nem nos jogos, que o lixo tecnológico era nocivo para o planeta. Depois criamos personas para viver separadamente aquele mundo. Nos dividimos. E nos lembramos dos cânceres de cérebro anunciados na televisão, quando havia televisão. E nos dividimos mais. É verdade, disseram. Isso é verdade. Abrimos gavetas cheias de cabos e aparelhos velhos e nos perguntamos por que não tínhamos dado um destino àquilo tudo. Por que guardar aquela cápsula do tempo com telefones, peças, câmeras, computadores velhos, HDs, pen drives? As câmeras conservavam fotos que nunca mais poderíamos ver, imagens de que não lembrávamos sobre algum tema antigo que não tinha a menor importância agora, que não traria nada de volta. O rosto de uma criança. O rosto de uma adolescente. Algum verde de grama. Algum prédio em bom estado de conservação. Uma casa, talvez. No canto superior esquerdo, um pixel adulterado pelo voo de um zangão.

    O telefone não estava bloqueado. Mas não havia acesso. Curiosamente, tinha uma mensagem na tela: "Ola! O Banco xxx

Cartões oferece muitos serviços e informacoes para você aproveitar ao máximo tudo que seu cartão oferece. Baixe agora nosso cartão virtual e descubra as vantagens".

A pandemia de 2020 ensinou os meios. Primeiro o medo, a desinformação, a leviandade, a irresponsabilidade do governo federal, a falta de humanidade, a falta de senso comunitário, coletivo, depois o espetáculo das mortes, o aumento dos preços, as Bolsas quebrando, os sistemas de saúde entrando em curto-circuito. Fecharam fronteiras e aconselharam as pessoas a se manterem em resguardo. Cumpriu-se isso em partes. Houve quem desfilou sua ignorância e seu mau-caratismo pelas ruas. Para alguns, foi essencial estar fora de casa. Depois os congressos votaram pacotes de resgate econômico. Passado um ano, os países voltaram a crescer, disseram. Sanções foram impostas. Viagens continuaram a ser restringidas. O mundo precisava do sacrifício de todos, diziam. De quase todos. Os degredados, esses continuaram morrendo como morriam antes.

O presidente à época achou uma ótima ideia levar consigo um *dopplegänger* cômico, decerto para contrastar com seu ar trágico. Mas os dois simbolizavam a morte. Da democracia, das instituições, do bom senso, da estética e do próprio simbólico. Uma peste tosca. Na posse da nova ministra da Cultura, uma atriz velha cuja carreira já havia acabado, tinha sido até a namoradinha do Brasil, seu discurso foi de que a cultura era como um peido espirrando talco do cu do palhaço. Na nossa cara. E no fim ela disse algo como cultura é assim, feita de palhaçada. Meses depois, caiu. Como caíram ministros da Saúde e o ministro racista da Educação. Comemoramos. Nos lamentamos. Não atentamos para os sinais. O que estávamos fazendo de verdade?

Mataram as nossas avós a tiros dentro do que chamavam de "buraco de bugre". Ninguém viu a criança, ninguém viu a avó--menina, sentada no lado aposto. Mas pegaram a bugrinha pra criar, ajudava na casa. Outras pessoas pegaram. E foi ótimo. Limpava que era uma beleza. Limpava sempre porque nos olhos tinha uma sujeira de morte. Olhos sempre aguados. Tentava limpar as imagens. Limpava que era uma beleza. Ela foi a primeira pessoa que não era bem daquela da família a ter conta no banco que era bem daquela família. E guardaram um dinheiro pra ela ali. Ela era muito agradecida. Quando menina-avó, apareceu grávida. Foi mandada embora. Mas esta é uma história comum que se repete como uma onda na vida de tantas mulheres. Sei que a menina-avó tinha dinheiro na mão, porque o banco não quis ficar com o dinheiro de uma mulher suja. Fez os descontos e pagou. Era tudo o que importava.

Sempre que passa pela estátua do banqueiro, grande colaborador da cidade, ela escarra.

Animais extintos

Onça-pintada
Tamanduá-bandeira
Rinoceronte-negro
Tatu-bola
Toninha
Uacari
Antílope-azul
Quaga
Girafa-albina
Tartaruga-de-couro
Pica-pau-amarelo
Mico-leão-dourado
Gato-maracajá
Cervo-do-pantanal
Boto-cor-de-rosa

Ariranha
Dona Norma
Paranoia
Regina

Achei uma fotografia antiga na qual uma mulher de short amarelo e blusa azul carrega uma criança no colo. A mulher faz um bico, como se estivesse mandando um beijo ou assobiando alguma canção que nunca poderei ouvir. A criança sorri, como se aquilo fosse algo prazeroso. O som. O beijo. O colo. Faz calor. A mulher está de chinelo. A criança está descalça. Ao lado das duas, há um berço, mas talvez a criança seja grande demais para ele. É só uma fotografia. Não é a vida de alguém. É só um registro perdido. Não há ninguém para reclamar aquele passado. Por muito tempo, foi sobre quem estava certo e quem estava errado. Por muito tempo, tivemos paciência para explicar, uns mais, outros menos. Por tempo demais, evitamos pegar em armas, enquanto morriam tantos pelas mãos paramentadas do poder. Mas escolhemos acreditar em palavras sem sentido como cosmos, salvação e democracia. As ficções cosmológicas. Esperávamos que alguma narrativa nos salvasse. Pela economia justificaram tudo. Justificam. O resto do mundo, o que sobrou, que ainda não ruiu, continua ancorado nessa história ruim. Economia financeira desumana. Sem personagens. Eu só queria ter dinheiro para pagar um botijão de gás. Para viajar, quem sabe. Para onde, agora? Não há nada. Não há desejo. Nos tiraram o desejo.

As duas impressas naquele tempo recortado. Mãe e filha, talvez, não podem fazer nada a respeito do mundo. Talvez estejam mortas. Talvez estejam como eu, vivendo o final dos tempos. Impressas naquele recorte de tempo, não tinham como saber. Talvez tenham acreditado nas narrativas. Talvez não. Mulheres com a boca esgarçada de tanto gritar contra o assassinato de suas famílias, corpos sobre corpos, todos exaustos. As amigas de Aline, rostos distantes, longe dos horrores, protegidas por gerações e gerações de gente do fim do mundo. Protegidas por gerações e gerações de fugas e restabelecimentos. Eu poderia garantir o futuro de quem? Quem tinha garantido o meu? Não era assim que funcionava?

É bem ali, onde antes havia um cinema e agora é uma igreja. Do lado do antigo café, que agora é uma farmácia. Fica perto do prédio tombado, que agora é uma ruína. Ali no antigo complexo cultural, onde agora é a Cracolândia. Na pracinha do lixão, sabe? Onde ficava o cachorródromo e agora fica uma gente estranha. É perto do antigo Jardim Botânico, onde fizeram uma pia batismal, que está vazia e sem uso. Próximo à biblioteca desativada, não sabe? Perto dos trilhos onde tinha uns bares. Ali onde havia uma cidade, uma cidade bem pequena, lembra? Mas não vá lá, é muito perigoso.

Temos sede. Há mais plástico do que peixes no mar. Entre o Havaí e a Califórnia existia a maior ilha de lixo do mundo. Na expedição de 2015, trinta barcos navegaram simultaneamente um trecho do oceano Pacífico até a ilha. Havia redes incorporadas nos barcos, vinte e nove pequenas e duas grandes, presas ao barco líder. No fim do trajeto, tinham juntado 1,2 milhão de amostras de lixo plástico. Durante dois anos, pesquisadores e pesquisadoras separaram, analisaram e classificaram todo o material recolhido. Anos mais tarde, fizeram a medição com satélites e sensores em aviões, e descobriram que a ilha media 1,6 milhão de quilômetros quadrados e tinha 1,8 trilhão de pedaços de plástico, oitenta toneladas; uma média de duzentos pedaços de plástico para cada ser humano no mundo. A ilha ainda está se fragmentando. E é também por isso que a vida nos oceanos está morta. Lá pra cima a água brota da terra, é onde as empresas de garrafas plásticas ainda não chegaram para usurpar seu néctar. É lá que se pode beber a água. Mas, se demorarmos, eles vão. E vão vender as garrafas plásticas para produzir mais lixo. Fábrica de lixo é o que eles são.

O planeta descoberto é cerca de vinte por cento maior do que a Terra. A descoberta foi a primeira do Tess, o satélite caçador de planetas da Nasa, lançado em 2018. Foi confirmada também pelo telescópio espacial Spitzer. A estrela anã vermelha se chama TOI 700 d. Tem quarenta por cento do tamanho de seu sol e é mais fria. O satélite descobriu três planetas em sua órbita (TOI 700 b, c e d), mas só o d está no que chamam de zona habitável. Isto é, nem tão longe nem tão perto do sol, onde as temperaturas permitem a existência de água em estado líquido. Uma face do planeta sempre encara sua estrela, como é o caso da Terra em relação à Lua, um fenômeno chamado rotação síncrona. Nunca saberemos se será mesmo colonizado. Espero que não.

Ouve o fim dos mundos. É nada. O gosto é de metal queimado, de tártaro. Óleo rançoso. Ouve o fim. É nada. Ouve da tua jaula, do teu contêiner. Ouve quieto de dentro do bote. Ouve ao tentar se mover. Nem zunido distante. Ouve, que é no corpo da velha que todas as manhãs já está sentada, que já recolheu todo o papel, o plástico, o pano destratado que ninguém mais quis e que ela usa como lenço ou lençol, a depender da ocasião. Ouve que é ali. No que sobra. Ali está a resposta.

O jogo de luzes é o segredo de tudo. Num segundo, humana. Noutro, besta-fera. Técnica e basta. Destreza e basta. Luzes e espelhos. Para que possamos nos olhar diretamente nos olhos, para que possamos nos enxergar dentro do próprio truque. O que é uma mulher bonita agora? O que é ser humano agora que o mundo acabou? Preocupar-se com essas coisas tão, mas tão supérfluas? Sou besta. Fera. Sou o que todos temem, sou o motivo por que correm para longe, por que torcem o nariz, sou a sujeira, o que estraga toda a paisagem, o que provoca nojo nos homens. O que dá medo às crianças. Ninguém me olha. Não há nenhum espelho. O jogo de luzes é o segredo de tudo. O colapso coloniza a política. Não tem mais problemas, há o colapso e suas sanções, o fim disso e daquilo e o fim de tudo. Se não tivermos medo, como seremos domados? Se não tivermos violência, como sentiremos medo? Se não nos dominarem, como não entendermos que bestas-feras são outra coisa? A fantasia do colapso e seu jogo de espelhos. Mostram a nossa cara refletida no que, por anos, contaram como sendo o bem e o mal.

Dizem os especialistas, os sociólogos, as antropólogas, as ambientalistas, os psicólogos, as campesinas, as professoras, os açougueiros, as profetas, e mais, que o fim se nomeará "O desmoronamento".
Das últimas peças da ruína: a extinção das abelhas.
Como eu posso te explicar sobre o extermínio, deixa-me ver...
Este desmoronamento.
Como posso explicar a mim mesma sobre o fim?

Deixa-me ver.
Deixa-me ver.

VÃO

No princípio era a palavra.
Não a palavra inerte, mas a língua em ação.
Intenção de matéria. Fricção.
Depois abriu seus grandes lábios e da umidade de seu interior lançou a luz e a dividiu da escuridão numa lufada. Encarou a claridade e a negrura, acarinhou ambas as superfícies e as amou igualmente. Eis que, de sua pressão amorosa, surgiu a matéria. Toda líquida, toda gasosa, toda sólida, toda etérea. Toda Terra e o que conhecemos a partir dela. E o que seguimos desconhecendo também. Então criou e deu nome às plantas, porque gostava d'alguma verdejança, d'algo a que chamou cor. Afastou e aproximou algumas luzes quentes, as quais chamou de estrelas, agitou certas águas com seus dedos mornos e chamou-as de maré. Transubstanciou-se em novas cores e formas e dali ainda inventariou saborosas polpas e perfumarias magníficas.
Mas faltava alguma coisa, então rascunhou criaturas móveis. De um modelo monolítico, esticou uns feixes, maçarocou outros, reduziu filamentos, abriu o bloco e se meteu a criar conexões

malucas entre partes menores e maiores, às quais chamou órgãos, membros, corpo. Soprou ar, luz, trevas, desejos e tudo adentro. Maleável esfera. Soprou estrelas e gostos, perfumarias magníficas.

Porém, nada em sua nova criação se diferenciava dos seres inertes. Pensando naquilo, resolveu soprar-lhe um magma que chamou de vida. E, ao se ver refletida nas águas, teve a certeza de que aquela criatura poderia ser semelhante a ela. Com todas as suas divinas qualidades.

Chamou seu duplo de Deus. Tirou-lhe algo para que se soubesse sem ela. Para que se soubesse alteridade.

Foi descansar no que chamou de sétima luz.

Deus ficou pensando em si mesmo e em sua falta, mas estava contente de haver-se. Observava a tranquilidade e a exaustão de quem havia criado a matéria-existência.

Enquanto completava sua respiração sonolenta, Deus brincou com a matéria. Criou outros semelhantes, mas os fez inconscientes de seus potenciais divinos. Ao contrário, deu a eles algo que chamou de tempo. Criou uma maquete micromatéria e chamou de universo. Fez tudo para que se desenvolvessem no tempo e observou algumas leis. Divertia-se, o Deus-criança, criando empecilhos e alimentando contradições. Deus se entediou de sua criação e a abandonou. Deitou-se enfastiado. Ao acordar, percebeu que na esfera que havia praticado com suas criaturas, controle não mais havia. O tempo estragava toda a matéria. E como a divindade não lhe fora apresentada conscientemente, tudo perecia em invenções. Com extremo cuidado, Deus tomou sua obra nas mãos e, como se inventasse um brinquedo e sua inutilidade, colocou-a debaixo do braço de quem o criara e, antes que pudesse inventar a palavra sonho para terminar seu sono, já estava longe de tudo. Desertor.

Quando acordar, terá uma diligente tarefa. Amorosa de sua arte, dará arrumação a todas as coisas.

Contudo, não perdoará sua criatura por tê-la aborrecido. E retirará letra por letra os sons de seu nome, até não restar nada, até que Deus perca todo o sentido.

TERCEIRA PARTE

*Quem do mundo a mortal loucura cura
A vontade de Deus sagrada agrada
Firmar-lhe a vida em atadura dura
Ó voz zelosa que dobrada, brada
Já sei que a flor da formosura, usura
Será no fim dessa jornada nada*

Claridade.
Para alguns, nada seria como antes.
Ali há uma despedida. A cerimônia é bonita. O lugar dos mortos é sempre o mais quieto. Há certa reverência, um respeito para com os que vieram antes. Por isso estão todos em silêncio agora. Contemplando a vida. Sempre a vida. A vida que há, a vida que houve. Há vida na morte, ao menos nesta morte. E há uma gratidão consciente. Certos de que seu corpo agora faz mais parte do todo do que antes, certos de que agora é o momento da integração radical, o início da união final, a quitação de uma dívida. Dissolução e conciliação. Quando o corpo pode finalmente colaborar com a terra, onde ele pode finalmente servi-la, e não o contrário.
 O que contarão nossos mortos? Já que é só isso que sobra para o futuro. Não que a vida vá se extinguir por completo. Não se pode acreditar nisso. Há vida em tudo.
  E há memória.
  Para alguns.

O que pode realmente nos salvar é este exercício constante de reconstruir o tempo na língua. A memória.

O corpo de Lupe está intacto. Adormecido para todo o sempre. O mesmo rosto descansado no sono. A máscara posta ao lado sobre um toco de madeira. A perna, junto dela, deixou para o caso de alguém precisar. Está assim para que se despeçam.

Lupe nunca teve problemas para dormir. Se deitava e adormecia. Não contava sonhos, não gostava de contá-los. Não achava necessário narrar ao exterior algo que sua cabeça tinha construído tão particularmente. Raramente se contradizia. Portanto, não sabemos quase nada sobre seus sonhos. Lupe sempre se levantava silenciosamente. Olhava-se pouco no espelho. No dia em que a encontraram na beira da estrada, perto da aldeia, Lupe vinha de uma caminhada extenuante de meses. Tinha voltado a Santa Cruz de La Sierra, andava com saudade de algo, mas não sabia indicar o que era, não sabia construir. Talvez por ter se tornado uma pessoa cada vez mais quieta. Tinha uma vontade imensa de voltar e, quando chegou, percebeu que a vontade dizia respeito ao tempo e não à geografia. Queria estar de volta ao passado. Carregava uma sacola e uma mochila. Na mochila tinha poucos itens de roupa, alguma coisa de necessidade básica, um hidratante, para a parte da perna que ficava um pouco esfolada no encaixe da prótese. Na sacola, uns trocados e a cabeça da Monga, outra prótese, parte do corpo que às vezes precisava encaixar.

Pensou em seguir em direção ao norte, e seguiu.

Meses de andança. Caronas. Carreiras. As pessoas achavam engraçada aquela velha de perna oca. Alguns tinham medo. Talvez o medo que sentiam a protegesse. Dormiu pesado, quando pegou carona num barco. E o pescador fez a viagem rezando para que a velha não morresse nem fizesse nada contra ele ou sua família.

Espalhou-se a história de que uma mulher, quer dizer, metade mulher, metade gorila, andava por aquelas bandas a pôr quebranto nas pessoas. Diziam que arrastava a cabeça de uma monstra. Diziam que havia matado uma monstra. Diziam que matava homens e crianças. E que, às vezes, era a monstra quem arrastava a cabeça da mulher.

A história tomava a dianteira sempre, chegando aos locais e se alastrando dias antes de Lupe aparecer. Sempre pacífica. A mulher lenta e manca.

Lupe não sabia de nada daquilo. Não falava muito. Apenas o necessário, sentia-se muito cansada para fazer conversa e não achava que alguém pudesse entender a relevância do que sentia. Eram coisas muito pessoais. Não via sentido em compartilhá-las. Por isso, ao entrar no barco do pecador que passou as três horas de viagem rezando, a história já tinha embarcado nos ouvidos do homem.

Contaram numa roda de bar que, numa noite de lua cheia, a mulher monstra, faminta, tinha invadido uma casa e estraçalhado os meninos de um casal recém-chegado, cujos nomes ninguém sabia nem poderia mais saber, porque tinham ido embora às pressas. Parece que ela era a médica nova do povoado e o marido ainda buscava se estabelecer, trabalhava em uma ONG de proteção ambiental. Disseram que a monstra tinha escolhido aquela casa por achar errado que a mulher estivesse trabalhando e o homem não trabalhasse de verdade, e, como castigo, comeu os filhos deles. Ao ouvir a história, o homem tremeu. Tinha ficado um tempo desempregado. E se viesse o ajuste divino, o ajuste daquela diaba? A mulher dele trabalhava numa lojinha. Ele correu para casa arrumar o barco e costurar a rede, jurou para sua mulher que pararia de beber e começaria a prover a casa, beijou seu filho na testa e foi dormir suado de medo. Dias depois, a velha apareceu. Ele não imaginou que a monstra fosse uma velha. Tinha imaginado uma mulher jovem e bonita, como nos cartazes do show de um circo que tinha visto quando pequeno na cidade, mas de cujo nome não conseguia se lembrar, talvez fosse conga. A velha se deitou no barco, sobre a mochila, e se agarrou à sacola. Dentro dela ele viu a cabeça e, a partir desse momento, passou a rezar até chegar na outra margem, até entregar a velha ao outro lado do rio, num ponto aonde ele mesmo nunca mais voltaria. E pensou que só tinha se salvado por causa da decisão correta que havia tomado de prover a casa. Ele não estava com o facão naquele dia. E pensou que, se estivesse, não adiantaria de nada, que não teria nem a coragem nem a covardia de matar alguém.

Mas nada daquilo era verdade. Lupe não era uma assassina. Assassinos não dormem aquele tipo de sono. Assassinos não têm a expressão que Lupe carrega agora na morte. Assassinos precisam ter a cara moldada antes de ser apresentados em seus velórios. É por isso que embalsamam os políticos ou grandessíssimos empresários, todos os exploradores, como bustos e estátuas esculpidas, para que não retorçam sua cara feia durante o velório, para que não cheguem ao inferno e assustem o diabo. Precisam ser maquiados e moldados, porque já estavam apodrecendo em vida, e a morte só acelera um processo que já vinha acontecendo.

Mas o corpo de Lupe está intacto. Ela tem os olhos fechados. Como se sonhasse coisas que nunca vai contar a ninguém.

De Lupe resta apenas a memória na língua dos outros, as histórias na boca das outras, os afetos no coração de quem resta. Lupe é memória apenas, e isso não é pouco. É tudo. É o trabalho inteiro.

Como se vive quando tudo o que conhecemos cai por terra? Quando o chão indiscutível, infalível face, revoga sua existência e nossos pés balançam? Franco abismo.

— Regina, olha pra mim, tu não vai morrer, tu não vai morrer! O mundo não vai acabar — ela disse aquilo meio descrente.

Regina olhou a cara familiar. Não a reconheceu. O rosto falava como se a conhecesse de outros tempos. Que tempos? Falava como se soubesse do jeito que tudo era antes do fim, antes desse estado de coisas, antes da duplicação do sol, da luz constante. Tenta erguer o corpo de Regina, tenta arrastá-la de onde está. Regina cai. Dedos machucados. O pé dolorido. A sujeira cobre seu corpo quase que inteiramente.

— Sai daqui. Como é que tu sabe meu nome? Meu nome é Regina. Significa rainha.

Vai até ela novamente. Toma sua cabeça nas mãos e a obriga a olhar bem dentro de seus olhos, a compreender que aqueles são olhos de amizade. De paz. Olhos de algum passado. Olhos de algum afeto. Regina não os reconhece. Mas cede ao toque de outra existência humana.

— Estou morta.

— Não tá morta, tá viva.

O que fazia ali, se pergunta. A casa, a velha, soube quando foi levar o carrinho, quando foi já não havia nada.

E não há.

— Não sou rainha, sou uma assassina. Como as pessoas sobrevivem a essas catástrofes?

Não entende como alguns ainda estão vivos, como podem suportar por tanto tempo este fim. Não compreende. Talvez o fim não tenha chegado ainda. Talvez ainda se engane como sempre se enganou, até não se enganar mais.

— Eu preciso saber quando foi o fim.

— Regina, vem comigo. A gente vai tentar sair pela fronteira.

— O mundo acabou. Não existe fronteira, porque não existe nada.

— Este mundo nojento está acabando. Verdade. O colapso é real. A gente foi fechado. Encerraram nossa área.

— O colapso é real. Eu sei. Eu vi. As abelhas. O fogo todo quando explodiu. O segundo sol. Terra arrasada.

— Mas o mundo não acabou, querida. Eles querem que a gente acabe.

— Eles?

Lu encontrou Regina longe do centro velho da cidade. Procurava Regina desde o dia em que encontrou a casa destruída pelo incêndio. Visitava endereços antigos e, quando se sentia segura, mostrava às pessoas uma foto. Mas não a reconheceriam. Ela não era mais nada do que aquela foto dizia. Encontrou Regina por acaso, dentro de uma casa abandonada, num bairro desertificado. Carregava uma mochila cheia de lixo e um gato morto. Fedia.

— Eu tenho uma casa. Eu tenho família. Paranoia. Minha mãe. Meu pai morreu. Tem café e o computador com meus clientes. Denise e a outra. E a menininha, minha irmãzinha, mas não de verdade. Pegaram ela. Tu sabe o que fizeram com ela? Eu não gosto de lembrar.
— Eu sei. Vou cuidar de ti e vamos até lá, se tu quiser. Agora vem comigo.
— Lá onde? Eu sou daqui. Vai embora.
Regina ficava erguendo os pés como se marchasse no mesmo lugar, como se quisesse cavar buracos com pés de passos bambos. Olhava para Lu e agora tinha a sensação de que a conhecia, mas de outra vida. Regina refez algum percurso mental que a deixou um pouco incomodada. Um dia saiu dos muros de um condomínio, assistiu às notícias alarmistas com os dados de algum colapso. Um dia há tempos. Agora, onde estava? Saiu caminhando. Saiu caminhando. Lu foi atrás. Parou.
— Teve o fim, eu vi. Acabou tudo. Isso aqui não existe mais.
Tirou uma foto do bolso, uma foto antiga, desfocada, e mostrou a Lu.
— Regina, teve um fim. Eles realmente querem o nosso fim, mas o mundo não acabou. Entramos em lockdown, fizeram as piores sanções e, no fim, fecharam a nossa região por decreto.
— O mundo. Teve o apocalipse. Se tu olhar ao redor. Olha isso. Onde estão as coisas que conhecemos? Aquela bola de fogo tá vindo pra terminar de nos destruir. Ela fica ali o tempo todo e não deixa a noite chegar. Mas vai chegar, eu preciso que a noite chegue, pra eu poder dormir e acordar no amanhã. Tá cada vez maior, pra nos queimar. Eu não sei mais dormir.
Regina tentou explicar sobre o apocalipse. Tentou alertar. Falou dos índices do colapsômetro. Parecia estranhamente lúcida. Disse que entendia, mas duvidava da idoneidade das falas dos

presidentes, dos ministros, dos ativistas. E da boa vontade de Lu. Lu explicou quem era. Implorou que ela fizesse um esforço.

— Sou eu. Sou eu, caralha.

A mulher cedeu um pouco. O bairro não era dos mais seguros, e Lu, apesar de estar com um revólver, não pretendia usá-lo. Olhos espreitavam de longe.

— Me tira desse pesadelo.

Regina disse aquilo antes de aceitar seguir. Saíram por trás da casa e deram a volta na quadra até o mato. Entraram num carro. No caminho, tomaram pedradas na lataria. Era um aviso. Não voltariam.

O caos tinha se espalhado rapidamente. Numa cidade pequena como aquela, uma cidade ao deus-dará, que os governantes, os políticos, os juízes abandonaram assim que souberam que não haveria mais recursos por causa das sanções, de onde saíram tão logo souberam do isolamento, não havia sobrado muita coisa mesmo. Os condomínios fechados tinham uma política para transferir os moradores uma vez que o fechamento das zonas era decretado. Tratava-se de um empreendimento imobiliário caro, mas que diziam ter vantagens. Eis a palavra: vantagens. As pessoas não tinham escrúpulos quando a sobrevivência estava em jogo. Abandonaram fácil aquela fantasia de mundo. Saíram carregados de tralhas e dinheiro vivo. Abandonaram seus animais e as pessoas menos próximas. Partiram em carros e até em aviões fretados. Mas nem todos puderam entrar em seus destinos finais, as sanções vinham acompanhadas de uma série de requisitos para a reentrada em zonas não colapsadas. O poder é instrumento nocivo, um dispositivo asqueroso que revela o pior das pessoas.

No carro, Lu tentou algo.

— Dizem que mais ao norte, passando a fronteira, tem galera nossa recebendo, Regina. Vamos tentar viajar até lá. O que tu acha? Quer vir? Vamos, Regina?

Regina não respondeu.
— Somos quatro. Eu vou te apresentar. As gurias são joia. Tem a Glória, a Aurora e a Pietra, nossa pirralha.
Continuou em silêncio. Não via sentido em fugir, em se mover de um fim do mundo a outro, e com gente estranha, ainda por cima. Ou para um lugar que estivesse na iminência do fim.
— Comunidades das nossas, Regina!
— Eu preciso comer algo.
— Vamos comer quando chegarmos a um lugar seguro. Não dá pra parar aqui e não quero arriscar entradas que não conheço. Já vi um drone, e se tem drone tem gente graúda interessada em saber coisas. Não quero arriscar. As milícias continuam a patrulhar as áreas nas rodovias, ainda mais que estamos indo em direção à Argentina.
— Isso existe?
— O quê? Argentina? Sim, não foi fechada. Ou tu diz as milícias? Essas estão aí desde... — Regina interrompeu.
— Não. Um lugar seguro.
A cerca de cento e vinte quilômetros de Santiago ficava a aldeia de Nhu-Porã, junto da antiga estação férrea de mesmo nome. Estavam ali, aguardando para cruzar o parque florestal e irem até Caá Catí, onde havia outro ponto de segurança. A rede que estabeleceram fazia a comunicação entre quem já tinha passado e quem iria passar. Nesses lugares, deixavam instruções para comunicação e para a chegada ao próximo ponto. As mulheres esperavam por Lu, mas não por Regina. Aguardavam sinal positivo para irem até a cidade de Resistencia, na Argentina, onde se juntariam a um grupo maior.
— Regina, é preciso recomeçar. E se não der certo, recomeçamos de novo. É assim. Eles não vão empurrar esse caos pra cima da gente e esperar que a gente não reaja.
Regina tinha ainda os olhos assustados.

— Eles já conseguiram. Querem matar a gente pra continuar vivendo impunemente no planeta. Como gafanhotos, hienas, predadores, parasitas, gente ruim.

Lu não soube o que responder. Era uma verdade muito lúcida.

— Sempre pensei que o Sol explodiria. Que um planeta colidiria com a Terra. Que usinas nucleares explodiriam em sequência, num arranjo terrorista. Que mísseis seriam lançados sobre nós. Mas não. Foi um golpe. Pirotécnico. Mentiras elaboradas com consequências mundiais. Um mundo.

A nova arma de destruição de massa: a mentira. Uma construção ao mesmo tempo tosca e refinada.

— Cadê a minha mochila?

— Não pegamos, Regina.

— Não! Não! Temos que voltar agora. Eu preciso dela. Não posso deixar ela sozinha. Não posso. Como ela vai sobreviver?

— É uma mochila velha.

— Não! É a Paranoia. A casinha dela, brinquedos, comida, não posso abandonar minha gatinha.

Lu parou o carro, ignorando qualquer perigo na estrada. Olhou nos olhos da amiga e viu uma nata esbranquiçada.

— Minha querida, Paranoia morreu faz tempo. Tu tava carregando outro gato… que já estava morto também. Não podemos carregar mortos, meu bem. Eles precisam descansar. Entende, Regina? Não podemos.

Regina não disse nada. Ficou olhando pra frente. Fungava. Voltaram para a estrada e seguiram. Depois de algum tempo, Regina disse algo.

— Lu, eu não sei o que está acontecendo. Eu acho que sei, mas é como se não tivesse certeza de nada disso aqui. É real? É um sonho ruim?

— Não, não é sonho. Eu fiquei te procurando. Estive na tua

casa e não tinha mais nada, então continuei te procurando. Aí teve o colapso, o fechamento, foi tudo muito rápido. As coisas ficaram mais difíceis, tivemos que fugir e nos esconder. Não sei da Eugênia nem da Denise, não consegui contato com a Aline. Os e-mails não chegam ao destino. Elas devem estar te procurando também. Quando chegarmos, podemos tentar avisar de alguma forma que tu tá... o.k. Eu te encontrei no bairro deserto. Onde era a cooperativa, sabe? Fui lá pra tentar encontrar alguma coisa de valor. Te achei numa casa, sozinha. Quase não acreditei.

Regina parecia ouvir com toda a atenção que podia despender. Até que interrompeu Lu.

— Acho que precisamos avisar todas mesmo.

— Sim, sim, tu sabe o telefone delas, o endereço, qualquer coisa?

— Sim, acho que lembro. Tu avisa? Pede pra elas virem.

— Tu pode avisar tu mesma, Regina. Encontrei umas coisas, e acho que conseguiremos sinal. Lá o bloqueio é intermitente. De vez em quando temos sinal.

— Mas eu tô morta.

Lu tirou os olhos da estrada por um momento e observou Regina, que olhava suas próprias mãos suadas.

— Diz pra elas que eu não quero uma coroa, eu acho feio. E tem que dizer que eu não quero ser enterrada, eu tenho agonia. Quero ser cremada. É mais sanitário. A Denise vai ter dinheiro pra isso.

— Regina.

Regina olha para Lu com a nata branca nos olhos.

— Como foi que eu morri?

Lu não responde. Apenas continua dirigindo sem dizer qualquer palavra. Até que Regina fala.

— Lu, eu realmente preciso comer alguma coisa. Podemos

ir no hospital? A agente não vai segurar muito tempo a minha insulina.

— A insulina. Regina, tu tá sem insulina, claro. Não podemos parar agora, querida. Vamos ver o que fazemos.

Regina tem as mãos trêmulas.

— Faz um tempo que eu tô me sentindo estranha. Sabe que a minha vó morreu demente por causa das toxinas no fígado, por causa da diabetes? Do nada parecia doida, mas era só cuidado que faltava. Deixavam comer de tudo e depois deixavam sem comer. Ignorantes. E não me deixaram nem ver minha vó quando ela morreu.

— Tu lembra quando tu fez insulina pela última vez?

— Ontem ou hoje. A Aline me ajudou, mas tudo ficou na mochila com a Paranoia.

Lu hesitou por um segundo.

— Espera, acho que tenho alguma coisa aqui pra tu comer. — Tirou uma mariola do bolso.

— Não comer estranhamente me ajuda. Mas eu tô com muita fome agora.

Regina tira de dentro da jaqueta uma caneta de aplicação. Tira o ombro de dentro da camiseta e aplica.

— Mas tu ainda tem insulina?

— Agora acabou.

— Nós já estamos chegando. Vamos poder comer, tomar banho e descansar.

— Lu, eu queria te dizer que o que aconteceu entre a gente, eu não sei. Eu não contei nada pra Aline na época, não contei pra ninguém, e achei que nem precisava dizer nada, porque a gente nem teve nada de verdade. Mas eu gostei muito.

— Não precisamos falar sobre isso. Tá tudo bem. Foi legal. A gente queria, tudo bem.

— Não, mas é que eu fiquei mal. Porque tu é uma pessoa

boa. E a Aline é minha irmãzinha. E quando as pessoas se encontram na situação que a gente tava, é porque estão muito fodidas da cabeça, entende? Muito tristes, perdidas. Precisando de qualquer afeto. Eu tava.
— Eu entendo. Mas, Regina, não tem mal nisso.
— Tu tá bem?
— Eu tô bem. Eu tô pensando em outras coisas agora, outras coisas mais urgentes.
— Sabe, eu queria ter um relacionamento de verdade. Eu queria ter uma namorada, uma mulher, namorar, ficar em casa, cozinhar, sair pro bar, ir no cinema, num restaurante bacana, quem sabe, eu queria até brigar e depois dormir de bunda virada pra ela. Mas eu não sei o que eu tenho. Eu nunca consegui ter um relacionamento. Não desses, ao menos. Tudo sempre tinha um porém. É triste. É triste ser sozinha. Aí eu fiz tudo aquilo com pessoas que eu nem conhecia. Eu gostava, mas era ruim. Tipo uma cachaça amarga que tu bebe pra ficar torpe.

Lu não respondeu. Não sabia o que responder. Passaram o resto da viagem olhando para a frente. Até que chegaram numa porteira. Lu ligou e desligou os faróis algumas vezes e a porteira se abriu. Do mato saíram três mulheres, uma delas armada. Entraram no carro.
— Quem é?
Regina não olhou nem se mexeu.
— Uma amiga. Encontrei na antiga cooperativa, quando fui procurar as peças.
— Encontrou?
— Muita coisa boa!
— Tua amiga é muda?
— Não — Regina respondeu.
— Tem algum bicho morto no carro, Lu.

Quando todas desceram perto de um galpão, notaram que quem fedia era Regina.

— Tu pode tomar um banho. A gente esquenta uma água.

— Pode ser.

Lu levou Regina atrás da casinha, onde tomavam banho. Fez três viagens para despejar a água quente no panelão e pegar panos e toalhas. Depois do banho, quando viu Regina sem roupa, notou no pé dela uma ferida feia. Não tinha percebido Regina mancar, mas agora tinha ficado nítido que ela não podia apoiar o pé no chão.

— Regina, o que houve com o teu pé?

— Não sei.

— Vamos dar uma olhada. E vamos tentar conseguir a tua insulina. A Aurora vai sair logo mais. Sabemos que tem hospitais e uma faculdade nas redondezas. Vou pedir pra Pietra dar uma olhada em ti e vou ver o que tem de remédio. Tu tem dor? Toma aqui, pode te vestir.

— Tem que falar com a minha agente pra segurar e tem que pagar uns duzentos ou trezentos reais, se for direto com ela.

— O.k., Regina. Vamos dar um jeito.

— Desculpa, eu sei que não tem mais agente. Eu fico confusa com algumas coisas.

Lu já havia percebido que Regina tinha momentos de lucidez e momentos em que não fazia o menor sentido. Só ficava difícil saber o que era o quê.

— E agora?

— Agora o quê? — Lu perguntou para ter certeza de que Regina não estava delirando.

— Aqui. Este lugar é o quê? Quem são essas mulheres e o que acontece aqui?

— É o nosso ponto seguro e estamos recolhendo coisas necessárias para seguir daqui pra Caá Catí e de lá pra Resistencia.

Depois pra Bolívia, até Santa Cruz de La Sierra. Tem um pessoal lá; não lá, mas perto.

— Até a Bolívia? Onde a gente tá?

Lu pediu que Regina a seguisse até uma mesa, onde havia um mapa.

— Estamos em Nhu Porã, quase na fronteira. Em alguns dias seguimos por aqui — arrastou o dedo —, se nossos contatos disserem que está tudo bem.

Regina parou um instante, abriu um sorriso e ficou olhando o mapa.

— O que foi?

— Eu nunca saí do país. Sempre pensei que seria difícil. Deixar a casa, sair de Santiago, abandonar todo o peso das memórias, as construções que erguemos, as que derrubamos. E agora estou aqui, quase na fronteira.

— Vamos comer algo e descansar? Amanhã vemos o teu pé antes de sair, se der.

— Como tu sabe quando é amanhã?

Lu não teve resposta, não aguentava mais os delírios de Regina. Era exaustão o que sentia.

— Como tem um mapa aqui?

— Sempre tem mapa nos pontos seguros. E medicamentos básicos como analgésicos, anti-inflamatórios e antibióticos. São os essenciais. Além de alguma comida. Acho que a geração dos videogames serviu pra pensar algumas coisas.

Regina arrastou o dedo para fora do Estado.

Agora cantam. Passarão três dias cantando a morte. Festejando a vida que Lupe teve. Lupe pediu que fizessem três dias de festa caso o tempo estivesse bom. Se chovesse, poderiam fazer logo que desse. Ninguém questionou. Contarão suas histórias favoritas e inventarão causos que poderiam ter acontecido. E ninguém perguntará se é verdade ou mentira, porque isso não importa. Importa que vão agora construir as memórias para o futuro.

Lembro de um dia em que Lupe estava sorrindo. Ela não sorria muito. Perguntei a ela no que estava pensando e ela me respondeu que estava pensando que teve uma vida muito boa, mas que não podia evitar de pensar em outros cenários. Contou que gostaria de saber se seu ex-companheiro ainda estava vivo e se teve uma vida boa. Contou que gostaria de saber que tipo de pessoa sua filha teria se tornado. Eu não sabia que você tinha uma filha, eu disse, animado. Ela disse que sim e que se chamava Regina, porque Regina significava rainha e que, na época, ela achava que ser rainha era algo bom, mas que ali, naquele mo-

mento, ela não sabia dizer se era bom ou ruim. E disse que com grandes honras vêm grandes responsabilidades. Ela sabia que a filha não era uma rainha, mas disse que talvez o nome pudesse exercer algum tipo de influência na personalidade dela, ainda que esperasse que não. Perguntei por que ela não sabia nada da filha. O que tinha acontecido. Ela disse que a tinha deixado muito nova para ir trabalhar como Monga num circo. Aí ela fechou a cara. Disse que preferia não falar de nada daquilo naquela hora. Que só queria terminar de roçar. Então eu peguei a enxada e fomos roçando o terreno todo. A mulher era uma máquina. Só parou de roçar quando acabou o pedaço. Não parou um segundo, nem pra secar a testa, nem pra tomar um copo d'água, nem pra mijar. Nada. Só seguiu com movimentos ritmados e diligentes até o fim. Depois foi pra casa e dormiu por dois dias. Quando acordou, Betelgeuse tinha explodido e iluminava a noite como uma segunda lua muito brilhante. Lupe acordou perguntando se tinha dormido tanto a ponto de acordar em outro planeta.
O homem riu muito e todos riram.
Era essa a história.

— Eu sou veterinária, não médica — Pietra falou meio sem paciência —, e nem terminei a merda do curso.
— Dá no mesmo. — Glória riu. — A mulher tá que é um bicho, não sai dali, não fala, só come, caga e dorme. Alguém tem que fazer alguma coisa. Não acharam a porra da caixa de remédio?
— Sim, mas não tem anti-inflamatório. Só tem analgésico e gota pra peidar. A Aurora já deve tá voltando com as coisas. Lu, eu entendo, mas tu tinha que ter falado sobre isso pra gente, falado que tava procurando uma pessoa — Glória disse calmamente.
— Como é que eu ia avisar?

— Agora temos que avisar as gurias que tem mais uma. Eu sei que elas não vão se importar. Mas tu sabe as regras, temos que avisar tudo sempre, pra não dar problema. Tu tinha que ter falado antes. Dizer com todas as palavras: estou procurando uma amiga doente que matou a família.

— Ela não matou a família! Foi acidente. Era a senhora que morava com ela, mas... — Lu nem sabia como explicar — mas ela não matou ninguém, ela queria ajudar. É uma pessoa boa.

Ao redor da mesa havia três mulheres. Pietra era a mais nova. Tinha feito veterinária, quase terminou, mas o curso fechou antes que a turma pudesse concluir. Não era um curso de interesse, disse o reitor. A universidade ofereceu um diploma técnico, como se algum papel fosse resolver a situação. Pietra cuidava de bichos, mas não a trabalho, e sim porque gostava e porque pagavam em dia. Preferia os animais. Todas as relações que tinha construído não funcionaram. Dizia que, ao menos, o afeto dos animais era verdadeiro. Acabou trabalhando no estábulo da hípica, porque alguém conhecia alguém que conhecia alguém que devia um favor. E assim as coisas andavam. Glória há anos era manicure. Tinha um salão, mas veio a crise, a pandemia, a recessão de 2020, e ela precisou fechar. Depois vieram outras coisas e Glória teve que ir trabalhar na cozinha do restaurante do ex-marido, que fazia questão de tratá-la mal porque ela o tinha deixado para ficar com uma aberração, nas palavras do ex-marido. Lu trabalhava com programação, mas sua salvação era ter feito curso técnico em eletrônica. Demoraria ainda uns dias para que os contatos dissessem que a travessia da ponte era possível. Aurora tinha ido de carro até São Borja para buscar algumas coisas. Conseguira a insulina em um hospital ocupado por algumas famílias. Aurora era boa nas negociações. Vinha trazendo mais alguns medicamentos, lençóis, bandagens e curativos, não demoraria a chegar. Tinham estocado combustível. A regra era deixar coisas para que as próximas pudessem se estabelecer. Às vezes chegavam a alguns pontos onde havia pouca coisa, mas nunca nada. Podiam confiar nas companheiras. Sempre. Não chegariam desamparadas a lugar algum.

Aurora entrou na sala e ninguém se mexeu, todas continuaram muito concentradas em seu jogo de buraco. Aurora era professora de educação física, tinha se aposentado quando ainda havia aposentadoria. Agora isso não significava nada. As zonas encerradas não contavam para nada. Eram pedaços esquecidos do mundo. E tudo fazia parecer que as pessoas eram as culpadas, e não a exploração exaustiva e a má gestão dos recursos públicos construídas metodicamente há anos.

— Vocês viram que tem umas galinhas naquela casa perto do morro?

— Não.

— Acha que podemos conseguir uns ovos?

Aurora mostrou os ovos que trazia dentro de sua blusa dobrada.

— Como é que esses bichos ainda estão vivos?

— Galinha come de tudo.

Todas olharam para a porta, surpresas ao ver e ouvir Regina falando alguma coisa que fazia sentido. Pietra e Glória tinham tentado dar uma olhada no pé de Regina, mas ela ficou repetindo que estava morta. Depois deu um chute em Pietra, alegando que Pietra queria matá-la.

— Desculpem. E obrigada pela insulina, Aurora.

— De nada. Eu vou fazer esses ovos pra gente. Eu vi que tem tomate e abobrinha no mato atrás da igrejinha, perto da caixa d'água. Quem pode ir lá pegar?

— Eu posso ir.

Pietra saiu sem olhar pra Regina, que segurou seu braço, quando ela passou pela porta.

— Pietra, me desculpa. Eu fico um pouco confusa quando tô mal.

— Tudo bem. — Pietra puxou o braço.

— Qual o seu tipo de diabetes, Regina? — Glória perguntou.

— Dois.

— Sabia que eu tenho uma amiga que se curou com dieta?

— Diabetes não tem cura.

— Sim, mas ela nunca mais teve problema depois que começou a comer uma dieta lá de um médico da internet.

— Como alguém vai pensar em dieta numa hora dessas?

— Mas é pensar ou morrer — Pietra disse ao sair.

— É pensar ou morrer.

Era hora. Levam o corpo para fora do recinto, onde umas poucas toras finas de madeira e muitos gravetos formavam uma espécie de leito num buraco cavado no chão. O corpo de Lupe está enrolado num tecido bonito, colorido. Uma menina corre com a cabeça da Monga nas mãos, como se entendesse que haviam esquecido alguma coisa importante. Larga a cabeça ao lado do corpo e volta para abraçar a mãe, que lhe dá um beijo. As pessoas vão e depositam flores e ervas ao redor de Lupe. Algumas deixam objetos de afeto, cartas, bilhetes. Uma mulher diz algumas palavras ao ouvido de Lupe, mas ninguém é capaz de ver que expressão tem seu rosto, porque ele está coberto por um tecido. A mulher pergunta se mais alguém gostaria de dizer algo a Lupe. As palavras seriam apenas para ela. Nada de discursos. Mas ninguém tem mais nada a dizer, de modo que a mulher acende uma tocha e põe fogo nas palhas. Todos ficam por ali. Algumas pessoas trazem de comer e de beber.

 A Lupe vai ficar com a natureza?

Sim, agora ela vai voltar pra natureza, vai ser mundo junto com todos e todas que já se foram.
Junto com o Tobi?
Junto com o Tobi.
Junto com o vô e a vó?
Sim. E com todos e todas que já se foram deste mundo.
Então ela vai ficar bem.
Vai, sim.
Mas ela para de existir?
Não.
Mas ela não fica mais com a gente, né?
Fica, sim, mas de outro jeito que a gente tem que aprender.
Entendi.

Regina estava sentada num toco, pensando em como poderia ser útil para aquele grupo que parecia funcionar tão bem sem ela. Alguma coisa antiga a tocava por dentro, uma vontade de desarrumar a casa, de criar um pouco de caos ao seu redor para que dentro as coisas parecessem mais tranquilas. Mas casa não havia. Tampouco alguma coisa por ali que a deixasse tranquila. E dentro era o deserto. Olhou seu pé e sentiu que dali subia um cheiro de acetona. Regina viu Glória e Aurora saindo de mãos dadas do galpão. As duas se beijaram e cada uma foi para um lado.

— Deixa eu ver teu pé. — Pietra surgiu do nada.

— Eu nunca gostei dos meus pés. Sempre achei que essas unhas quebradas e grosseiras fossem aberrações da natureza. Eu dizia bem isso. Aberração da natureza.

— Ninguém gosta de si mesmo. A gente aprende a se odiar todos os dias porque deixamos de fazer, ser ou ter alguma coisa que julgamos imprescindível. Mas não é. Nós somos aberrações da natureza, mas não do jeito que eles pensam. Não do jeito que tu pensa. Ai, enfim... É que eu tenho uma opinião um pouco radical sobre as pessoas e a humanidade.

Pietra lavou a ferida do pé de Regina com água oxigenada e apalpou o pé para verificar a circulação.

— Pra alguém que parece tão nova, tu é... — E parou porque se viu fazendo o que sempre faziam com ela. — O mundo é mesmo um lugar cruel.

— A gente fez de tudo pra ele ficar assim. Eu quero saber qual vai ser a próxima coisa absurda da qual vamos nos dar conta e dizer caralha, não acredito que eu fazia isso.

— Tipo comer carne?

— Tu come carne? Como é que tu tinha dinheiro pra comer carne? Mesmo que fosse certo.

— Eu não tenho comido mais, mas sempre achei errado.

— É muito errado. É uma indústria de sofrimento e morte.

— Tu é vegetariana, então.

— Queria ser. Mas ontem eu comi os ovos. E, se só tiver ovo, eu vou comer. Não tem problema se for da galinha ali.

— Pelo menos a Aurora não trouxe a galinha pra fazer.

Pietra não riu. Pietra também tinha um passado que lhe pesava.

— Se só tivesse a galinha pra comer, seria burrice não comer a galinha. A Aurora também é vegetariana. A gente come o que tem pra comer, e quase sempre não é carne.

— De onde vocês se conhecem?

— Da vida — Pietra respondeu, evasiva.

Regina continuou tentando propor alguma conversa.

— Eu não sabia que a Aurora e a Glória eram namoradas.

— Elas não são.

— Hmmm, estranho.

— Estranho o quê?

— Eu vi as duas se beijando.
— Então elas voltaram. Seu pé ainda tá meio ruim. Era bom tu tomar anti-inflamatório ao menos.
— Eu tô tomando. A Aurora me deu uma cartela.
— Vamos limpar bem e tu deixa meio pra cima. Vou pegar malva e babosa. Vão ajudar. Tu fuma?
— Não tenho fumado.
— Que bom pro teu pé e que ruim pra mim, porque eu queria muito fumar. Às vezes deixam fumo aqui. Dessa vez, não. Esse ponto tá bem mixuruca.

Pietra disse isso como se partilhasse também alguma fraqueza e bateu um cachimbo de madeira na palma da mão.

— Como tu sabe o que é ontem e o que é amanhã? Parece que existe só um antes e um agora insistente. Eu não sei se faz sentido contar os dias.
— Por que não faria? Sei lá. Acho que é só modo de dizer. E também quando vêm os avisos das gurias, vêm com os dias, pra gente saber quando ir. Não é como antes da explosão, mas é alguma coisa.
— Te incomoda não ficar escuro nunca?
— Não. Eu gosto. Eu tinha medo do escuro. Minha cabeça imagina e revive as piores memórias do escuro. Eu não gosto. À noite, minha aldeia era atormentada por fazendeiros. Eles aproveitavam a escuridão pra sequestrar as crianças e diziam que era pra elas crescerem com Deus. Deus é essa treva de medo pra mim. Prefiro assim, essa luz que aumenta e diminui, aumenta e diminui. E a terra continua girando, Regina, o sol nasce e se põe, todos os dias. É fácil ver. Isso não mudou.
— Sei lá, eu tenho uma sensação ruim com essa estrela aí.
— Por quê? Não é nada de mais. Já estava previsto. Há anos cientistas acompanham novas galáxias, supernovas, planetas.

— É. Acho que eu que não acompanhei nada disso. Eu tava num inferno bem pessoal.
— E quem nunca esteve, né?
— É.
Regina apoiou o pé no chão e sentiu um pouco de dor ao tentar alguma firmeza. Apertou a cara.
— É melhor tu deixar esse pé quieto, limpo e pra cima. Ao menos por um tempinho.
— Tá bem.
— Pietra! — Aurora gritou de trás da casa.
— O que é? — Pietra gritou de volta.
— Tu vem ou não? Eu não quero arrebentar minhas costas aqui.
— Já vou! — gritou de novo. — Eu vou lá pegar a babosa e a malva. Antes, vou ajudar a Aurora com uns sacos de sementes e tralhas que vamos mocozear e levar embora. Depois eu venho aqui pôr a gosma no teu pé.
— Tá bem. Obrigada.
Pietra girou sobre o próprio corpo e saiu correndo sem dizer nada. Lu vinha chegando do lado oposto da casa.
— O que deu nela?
— Nada. Foi buscar sálvia, acho. Malva.
— Ah, pro pé.
— Isso.
Regina esfregou suas mãos secas e arranhadas.
— O que estamos fazendo aqui, Lu?
— Esperando.
— Esperando o quê?
— Esperando alguém nos dizer que está tudo bem pra atravessar o parque. Tem todo um esquema pra gente ir com relativa segurança.
— E pra que vamos fazer isso?

— Pra chegar ao próximo ponto, e assim por diante, até a comunidade.
— E pra quê?
— Como pra quê?
— Não sei. Qual é o objetivo dessa viagem?
— Buscar um lugar seguro pra recomeçar.
— Aqui não serve?
— Não sei.
— Então?
— Não é bem assim, Regina. Temos pessoas que foram antes, a gente tem que agir em conjunto, entende? Não dá pra ficar porque não dá pra ficar. Sei lá. Aurora tem uma filha. Glória tem uma irmã.
— E a Pietra?
— A Pietra quer fazer distância.
— Ah, isso eu entendo.
Lu ficou em silêncio e depois disse que também não sabia muito bem o que queria, o que deveria fazer.
— É que eu não imaginava isso. E olha que sou programadora, então tenho que prever falhas. Sou muito excelente pra pensar catástrofes, mas de todas as que passaram pela minha cabeça nenhuma chegou nem perto dessa. Eu queria me sentar numa cadeira e fazer nada, só olhar o céu. Eu queria ver o pôr do sol, queria que quando estivéssemos jogando carta fosse por diversão e não pra esquecer que estamos sendo caçadas ou porque estamos fugindo ou porque não temos a menor ideia do que está acontecendo. Eu queria ter a certeza de que estamos aqui, de que isso é verdade mesmo, de que existe alguma verdade, sabe? Queria ao menos ter a certeza de alguma coisa. Isso é o que me angustia. Queria ter certeza até de que o mundo tenha mesmo acabado ou que esteja se acabando em algum lugar, pra começar um novo. Completo.

— Eu imaginava que no fim do mundo a gente teria que sobreviver, que a gente teria o objetivo de se manter vivo. Mas não. Honestamente? Eu já não sei se continuar viva é bom. A gente tá viva, mas não existe mais nada de nada do que a gente sabia do mundo.
— Existir, existe, né, Regina. A gente é que não pode participar. E sempre foi assim. Só que não a esse ponto. Não pra nós. Isso até pode ser uma coisa boa, a gente não fazer parte do que eles chamam de mundo.
— Sim, eu sei, mas desse jeito? É diferente agora. Pra quem se recorre?
— Não sei. Acho que é a gente pela gente, como dizem. Outra vida. Uma que não fomos capazes de imaginar. Agora é olhar os sinais, as evidências e tentar não cagar fora do penico dessa vez.
— Isso não te deixa mais aflita?
— Um pouco.
— Mas fazer o quê, né?
— Não morrer. Encontrar as outras. Achar um sentido. Buscar alguma coisa, alguém.
— Eu não sei se dá pra fazer isso. Buscar o quê? Quando eu tava na cidade, acho que sim. Mas aqui... Por que não ficamos aqui?
— Eu te achei no lixo, Regina. Imagina se eu não tivesse te encontrado?

Regina não disse nada. Continuou séria. Ainda não estava certa de que continuar viva era bom.

— Por que não ficamos aqui, Lu?
— Porque logo alguém vai aparecer, vai nos denunciar e dizer que essa terra tem dono, que a gente tá invadindo, que tudo vai ser demolido pra virar plantação extensiva, que vão construir aquelas colmeias horrorosas de abelha fake, que aqui é área

do deserto, que tá contaminada... Qualquer coisa que impeça a nossa permanência, qualquer coisa que sirva pra nos eliminar. Nós fomos encerradas junto com a nossa área. O problema deles acabou ali. O resto é limpeza, e qualquer coisa justifica a limpeza. Eles vão dizer o que quiserem, como sempre, e fazer todo mundo acreditar que somos pessoas ruins. Vão nos jogar no cadeião porque não somos parte de nada. Somos degredadas. Ou vão nos matar e noticiar que uma gangue de lésbicas malucas e perigosíssimas foi exterminada. Depende do que eles quiserem criar. O jogo não era só um jogo, Regina. O jogo é isso aqui.

Regina foi encaixando as peças: o fim do mundo, quem estava contabilizado neste fim do mundo, os excluídos, as excluídas, quem não merecia estar, quem não podia, quem não deveria, como essa onda ia arrebatando as pessoas uma de cada vez. Um mosaico tenebroso que não formava figura nenhuma em tempo algum.

— Nenhuma delas respondeu.
— Espera mais um pouco. Nosso sinal não tá bom. Logo vamos sair. Disseram que no próximo ponto o sinal fica melhor.
— Essa luz constante me irrita. Esse sol, o menor, me irrita. Eu queria dormir e acordar num dia seguinte. Mas é tudo essa luz contínua que não se apaga nunca, pra gente poder borrar um pouco a realidade. É horrível não existir um amanhã.
— Sabe aquele papo de era das trevas e era das luzes que rolou faz um tempo? Que a partir de 2020 viriam anos de luz e que eles fariam com que tudo se revelasse, o bem e o mal?
— Lembro, sim. Atrasou um pouco.
— Mas é real.
— Ou pior, é literal. Revelou o bem, o mal e todas as suas nuances.

Enquanto as duas conversavam, a luz do dia enfraqueceu um pouco, indicando o fim da tarde.

— Ao menos oscila. Vamos lá. Parece que tem uma comida pronta. Vamos comer e organizar as coisas, descansar um pouco e esperar o sinal pra irmos embora.

Na estrada para Caá Catí, Aurora cantarolava músicas que todas conheciam, mas que nenhuma tinha ânimo para acompanhar. Olhavam pelos vidros sujos do carro a estrada vazia. As sanções desertificavam os lugares, tornando-os inabitáveis. Alguém decidia como, quando e quais condições de vida retirar das localidades. E acontecia tão rápido e era tão impossível de conceber que, quando desmoronavam as estruturas que haviam sido construídas para a sociedade, essa sociedade às quais as pessoas tinham se tornado tão dependentes, elas ficavam mesmo sem chão ao se verem sem água, eletricidade, comunicação, instituições. O senso de comunidade não era restituído, e o salve-se quem puder terminava de matar a todos. Fomos moldados para a não solidariedade, por isso estimulávamos tanto o seu exercício, para confeccionar alguma aprendizagem. Regina tinha ficado tão absolutamente sozinha, sem onde se firmar, que acabara matando uma pessoa, fugindo de sua família e se encontrando numa situação de quase morte. Esse era o resultado planejado para o caos, o colapso orquestrado: que as pessoas ou morressem ou se matassem. Contra as estatísticas, Regina agora estava num carro com outras quatro mulheres, cruzando a fronteira argentina.

Naquele momento, quando o corpo matéria terminou, havia ainda cinzas, memória e o desequilíbrio de uma pequena brasa que rolou incandescente para queimar a terra e se apagar, lenta. É difícil extinguir uma existência. Naquele momento exato, Regina cruzou a fronteira. Naquele momento exato, Regina pensou na mãe e pela primeira vez sentiu uma leveza de mundo, como se tivesse cruzado mais do que uma geografia. Naquele momento exato, Paula deixava cair um copo de vinho no chão da cozinha da comunidade de velhas. Paula não se arrependia. Não que não sentisse dor, só tinha se dado a chance de se curar de tanta tristeza. Nesse momento, Lena, Bira e Rosca também sentiram uma leveza, como se alguma coisa dentro deles tivesse girado e se desprendido, como se houvesse realmente abandonado seus corpos. E assim todos souberam, sem dizer palavra, que Lupe os tinha deixado. Kailã viu a mãe chorando e a abraçou. Não perguntou nada. Bira e Rosca apertaram as mãos sem se olhar. Rosca suspirou alto. Sobre a ponte, com o sinal positivo para a travessia, mais nada aconteceu. Houve a suspensão do tempo. Denise e Eugênia num avião. Aline ansiosa no aeroporto Heathrow. Todas terrivelmente cientes de que Regina lhes pesava em algum lugar dentro delas. O fim do mundo exigia decisões impossíveis. Decisões que estavam prontas e precisavam ser aceitas. Como a morte, a proibição ou o esquecimento. Naquele momento tão breve, houve travessia e prosseguimento. As pessoas limparam o cenário da despedida e foram descansar. A vida sempre segue seu fluxo.

Numa estrada lateral ao parque Iberá, montada num cavalo, uma mulher as esperava. Fez sinal para que entrassem por uma picada e seguissem reto naquele caminho.

— Hasta la cabaña. Una casita roja.

— Gracias.

— Pero no se paren, sigan por la estrada de tras, pasen la reja y sigan, no se paren.

— Sí, bueno. Muchas gracias.

Seguiram em silêncio. A canção tinha ficado lá atrás, na fronteira, se é que isso existia. Tinham planos; se eram bons planos, nenhuma delas tinha certeza.

Dias antes de morrer, Lupe pega uma caneta e uma folha de papel. Esta é uma decisão muito importante, ela pensa.

Ao sair do parque e olhar um sol se pondo, enquanto o outro menor subia um pouco na linha do horizonte, deixando a paisagem com aquela claridade esquiva, Regina se perguntou o que determinava quando ou onde as coisas tinham início ou fim. O quê? Quem? Toda aquela tecnologia inventada, os conceitos intricados, o pensamento ocidental, a literatura, decisões boas ou ruins, a economia, os sistemas de governo e seus aparatos de constrangimento. Regina olhava a paisagem vazia e sabia que ali o que criava algo eram seus olhos de incompetência, seus olhos de vontades, seus olhos de incerteza. Desejou não saber nada sobre horizontes e expectativas, desejou a ignorância em parte conquistada, em parte ilusória. Cruzaram com alguns animais: capivaras, antas, quatis, pássaros de cujos nomes não fazia ideia. A natureza permaneceria, era sábia. O fim do mundo era o fim das pessoas. Por que não conseguiam fazer parte dele? Queria seguir pensando que se moviam realmente para algum lugar e não para algum tempo até seu fim. Momentos de claridade como esse eram raros, Regina pensou. Não gostava. Lembrava de se olhar no espelho até perder a noção de quem era, até não se reconhecer, até se descolar completamente da imagem que via e do lugar em que estava. Era como se flutuasse a alguns centímetros de si mesma e se olhasse vivendo uma vida que era meio sua por inércia.

— Que horas são? — Aurora perguntou e todas riram.
— Que dia é hoje?
— Dia 256 depois do colapso.
— É isso mesmo?
— Sim. Não sei. Mas me senti bem respondendo alguma coisa. Dia 100 depois da fantasia do colapso. Dia 1000 e tantos depois do golpe. Dia 300 e poucos depois do fechamento da nossa zona. Não parece real, né? São números aleatórios e possíveis.

Mas nem as horas nem os dias poderiam determinar quando ou onde as coisas começavam ou terminavam. Não fazia mais sentido contabilizar as coisas daquele jeito. Regina tinha certa razão. Eram os acontecimentos que definiam as importâncias. Os pequenos e os grandes. Os pequenos ou os grandes. Os desimportantes ou os impossíveis de impedir. A alta do café, o desemprego, o choro de um homem, a extinção das abelhas, a eleição de um palhaço e depois a de outro mais bem maquiado com imagem full HD, o gozo impróprio, o gozo imprevisto de uma mulher, a explosão de uma estrela, uma proibição riscada à caneta, a morte de uma família, uma baleia cheia de lixo, pai mãe filha mães filhas casais desacertados, o mel, a morte, o veneno, o abandono, os monumentos ao amor, as obras de arte, as pandemias, a mentira, a lei, uma amizade, dogmas, a quebra de expectativas. Pequenos índices do avanço e do colapso. E do avanço do colapso.

A implementação do colapso seletivo. A ampla política dos genocídios. Sempre presentes. Uma vez era simples. Um sentimento de cada vez. Talvez a gente saia dessa. Talvez não. Regina pensa. Talvez essa não seja uma saída. Talvez ainda exista amor em algum lugar. E monumentos. Isso me agradaria. Regina se encolhe. Espia para ver se Aurora e Glória têm as mãos próximas. Elas têm. Pietra dorme com a cabeça escorada no vidro, mesmo com o carro sacudindo. Regina sabe que Lu está olhando para ela, mas não tem coragem de encará-la. Queria e não queria estar ali. Pensa que viver é sua obrigação, goste ou não daquele cenário. Goste ou não daquele horizonte. Viver é a grande revolução. Regina não sabe se quer fazer parte daquilo e sente culpa de sentir culpa. Ela também está exausta. Sente a mão de Lu tocar de leve seu ombro e entende que, com o gesto, Lu quer prometer que tudo vai ficar bem. Regina lembra que está em outro país e que isso não significa mais nada. Tenta ficar contente. É tão difícil imaginar futuros! É preciso ter desprendimento e fé para imaginar futuros. É um exercício intenso ao qual Regina nunca se deu ao trabalho. Depois que a vida acaba, será que o espírito das pessoas entra na gente? Só um pouco, talvez, para se salvar da morte. Se houver salvação. Sentiu o pé doer e pediu que a ferida sarasse. Pediu a algo ou a alguém que não acreditava existir. Faz essa ferida sarar, pensou. Mas não pensou nas contradições. Só não queria sentir mais dor. Não morreria mais.

 Quando abriu os olhos, tinham chegado à cidade fantasma. Nem sinal de nada. No ponto seguro, tudo estava certo. Podiam confiar sempre. Era uma regra daquele mundo. A placa na entrada dizia Balneario El Rincón. Um enorme açude com uma praia pequena se estendia atrás de uma casinha e de um pequeno milharal. Olhou de novo para a água e viu Pietra tirar a roupa e entrar sem nem se preocupar com sua temperatura ou ocupação. Sem fazer menção de arrependimento. Moveu-se pelo desejo da água. Regina queria um pouco daquilo. Achou que fosse o impulso da idade. Mas, ao olhar novamente, viu que todas as mulheres seguiam para o açude.

— Tu não vem? — disse Lu da metade do caminho.

Regina foi se movendo naquela direção. Ali tiveram um momento de paz. Era aquele um acontecimento? Algo que valia a pena considerar como uma direção?

Na água encontraram silêncio. Até que Pietra fez uma pergunta.

— São quantas em Resistencia?
— Oito.
— Seremos treze! Número de sorte — Lu disse antes de submergir.
— Tu tem que contar pra elas — Glória cutucou Aurora.
— Contar o quê? — Pietra rosnou.
— É que a gente não quer ir — Aurora disse, reticente.
— Não quer ir nada. Não vamos! — Glória esbravejou.
— Como assim não vão?

Todas tinham a boca meio aberta.

Regina estava na beirada do açude ainda indecisa e disse:

— Por que não ficamos aqui?
— Não podemos ficar, já te expliquei.
— Mas não faz sentido. Pra que subir e lidar com milícia, grileiro, fazendeiro, o mundo podre do qual a gente escapou?
— Nós queremos ir pra uma cidade — Glória explicou. — Aqui na Argentina ainda tem cidades funcionando normal. Eu não sei, não quero isso aqui, quero uma vida normal.
— Normal? Nada tá normal.
— Eu sei que nada tá normal. Eu tô dizendo normal com os problemas que a gente conhece, não com esses novos. Eu sou manicure, nunca atirei em ninguém, odeio mato, não sei plantar nada, nem cacto eu tive, quero tomar cerveja, caipirinha, quero

meus cremes antes de dormir numa cama, com cortinas fechadas pra fazer de conta que tá escuro, quero rotina, horário, um emprego, se tiver. A Aurora fala espanhol, ela me ensina. A gente monta um salão, ela vira personal. Sei lá, essas coisas ainda valem? O que adianta a gente ficar aqui brincando de aventura nesse carro podre?

— O que adianta? Tu não tem uma filha? E tu não tem uma tia? Vão desistir de encontrar a família? — Pietra perguntou, rindo.

— É irmã e não filha — Glória corrigiu. — E a gente nem sabe onde elas estão. Deve estar cada uma num canto. Eu não tenho certeza de que elas foram pra essa comunidade. Como é que eu vou saber se não caíram num daqueles campos de detenção horrorosos ou se ainda estão em alguma cidade mesmo, se eu bem conheço. Eu não sirvo pra isso aqui. E minha família é a Aurora.

— Parece que Córdoba está com as fronteiras tranquilas e é fácil de entrar se tivermos papéis. — Aurora brincava com a água. — A Argentina não aderiu aos campos, eles disseram que tinham espaço pra todos.

— Nem o Paraguai, nem a Bolívia, nem uma parte da Colômbia. Essas comunidades têm exatamente isso: espaço para todos — Lu falou já com irritação.

— Eu não quero ir pra uma comunidade; quero voltar pra uma cidade — Glória insistiu, contrariada.

— Eles não vão deixar um casal de sapatonas entrar, esqueceu? Podem tá deixando entrar gente, mas sapatão eles não deixam — Pietra disse —, vão pegar vocês e botar em jaulas. Ou vocês esqueceram do que aconteceu nos últimos anos, com esses merdas de extrema direita e essas igrejas aí?

Aurora olhou para a água e mordeu os lábios. Depois falou, meio sem graça.

— Eu vou entrar como Alceu, com meus documentos velhos, depois a gente vê. Tudo bem, não é o fim do mundo.

Todas ficaram em silêncio. *Era* o fim do mundo.

— Eu não acredito que tu vai fazer isso! — Pietra disse. — A gente não tem que se esconder.

— Pietra, eu não quero morrer, eu não quero sofrer, acredite, eu não quero apanhar de novo, eu não quero fingir, eu não quero mentir, mas eu também não quero mais isso aqui. Eu sei que eu sou uma mulher. Não é esse truque, esse antitravestimento que vai me fazer ser algo que eu não sou no meu coração, entende? No meu corpo até. Eu olho pra vocês e vejo todas tão distintas, vocês me ensinam tanto sobre ser quem somos. Até tu, Regina, que nunca fala nada e que eu mal conheço, me ensina. Então não vai ser essa mentira útil, de eu me fingir de homem, que vai me fazer deixar de ser a minha própria luz da manhã. Eu sou Aurora, sempre.

Pietra balançou a cabeça, ia começar a falar, mas Glória se adiantou.

— Agora não é sobre isso. É sobre passar por esse momento. Olha, em tempos ordinários a gente sofre com algumas coisas, sofre sozinha, até, mas agora a gente pensa em outras estratégias.

Regina tirou a roupa e entrou no açude. Todas permaneceram em silêncio por um tempo, como se propusessem algum tipo de ritual de estar.

Naquela hora, havia uma luz rosada que não permitia distinguir se era dia ou noite e que deixava o entorno mais brando. Uma mentira que gostavam de observar. Na cabeça de Pietra rondavam dúvidas sobre o que fazer, sobre desejar não estar sozinha, sobre o extermínio de seu povo, mas ela não sabia como dizer isso às outras. Pensava que, se fosse honesta, se usasse palavras óbvias para requerer algum tipo de cuidado, de carinho, elas se afastariam, não entenderiam. Pietra era assim, dura, por isso seguiu com seu estado de angústia. Glória carregava nos olhos a tenacidade da fé. Acreditava que ela e Aurora poderiam recomeçar e que nenhum fim do mundo a impediria de seguir com seus planos.

Aurora já tinha vivido tantos fins de história e de mundo, tantos recomeços de vida, que aquele, apesar de ser o mais difícil até então, também era só mais um. Precisava sobreviver a ele. Lu pensava nas outras, tentava adivinhar seus humores mais íntimos, planejar caminhos que as fizessem ficar juntas. Não sabia se conseguiria aceitar um fracasso, não sabia se daria conta. Lembrou da arma carregada em cima da mesa da casa onde tinham estado antes, gostaria de ter a coragem de usá-la, mas não tinha. Pietra teria, se fosse preciso.

Regina tentava organizar sua cabeça. Pensava em Eugênia e Denise, mas não sentia falta delas. Sentia culpa por não sentir saudades. Sentia muito por Aline. Não pensou nem em sua mãe nem em seu pai, esses eram finais já distantes. Tentou imaginar se Paula estava bem e teve certeza que sim. Talvez fosse isso, só conseguia sentir algo por aquelas de quem cuidava. Procurava não se apegar a quem lhe provia cuidados, era perigoso. Então se lembrou de dona Norma e sentiu uma dor forte no lado esquerdo do peito. Se lembrou da caneta de insulina, e lembrou que, em alguns dias, precisaria conseguir mais medicação. Ou fazer a dieta do médico da internet. Ou morrer aos poucos. Ou logo. A dor voltou a incomodá-la, então mergulhou. Ouvia o coração bater nas orelhas, sacudiu a cabeça dentro da água. Lembrou de um artigo que tinha traduzido sobre a cardiomiopatia de Takotsuba, quando Paula começou a reclamar de dores no peito. O problema, também conhecido como síndrome do coração partido, é raro e provoca sintomas semelhantes aos de um infarto. Regina não quis dizer às outras, mas tinha uma forte dor no peito, sentia falta de ar e um cansaço monstruoso. Os sintomas da cardiopatia podem surgir em períodos de estresse emocional intenso, como um processo de separação ou depois do falecimento de um familiar, ou tudo isso mais o fim do mundo como conhecemos. Na maioria das vezes, esta síndrome surge em mulheres com mais de cinquenta anos ou no período da pós-menopausa, mas pode aparecer também em gente de qualquer idade. Quem já teve ferimentos na cabeça ou algum transtorno psiquiátrico tem maior chance de desenvolver a síndrome. Normalmente, ela é considerada uma doença psicológica, porém exames realizados em pessoas afetadas por ela mostraram que o ventrículo esquerdo não bombeava o sangue corretamente, prejudicando o funcionamento do órgão. A cura se dá com o uso de medicamentos que ajudam a regular a atividade do coração, ou com a melhora das condições afetivas do doente. Regina pensou se valia a pena se deixar envolver por aquele grupo, apesar da dor que voltaria a sentir depois que todas fossem embora. Emergiu quase sem ar, pegando um pedaço de conversa.

— Eu tô com fome e eu com fome sou uma pessoa horrível — disse Glória, saindo do açude. — Disseram que aqui tem gás, feijão e panela de pressão. Quem topa?

— Eu! — todas falaram.

— Então vamos lá de uma vez.

Na cozinha, Lu encontra uma garrafa de rum com um bilhete de boas-vindas do grupo anterior. Serve copos generosos a todas. É um momento raro de riso e leveza. Aurora canta um chamamé, Glória se levanta e balança.

— Mis ojitos de estrella.

Dormiram um sono pesado, que havia muito não dormiam. Dormiram até o que podia se dizer um amanhã.

Pietra acordou com o barulho de um carro. Se levantou rápido do sofá e correu para a porta. Correu alguns metros tentando alcançá-lo, e continuou correndo mesmo depois que não o enxergou mais. Sentou na beira da estrada. Aurora e Glória não olharam para trás, mas seus corações batiam em atraso, como se tivessem ficado lá. Lu tinha combinado com as duas que saíssem quando todas estivessem dormindo. Assim fizeram.

— Eu não podia impedir — Lu disse para Regina enquanto bebia um pouco de água.

— Tu tinha que ter falado. Elas tinham que ter falado.

— Elas falaram, todas nós ouvimos.

— Mas saíram escondidas. Tinham que ter se despedido, isso não é certo.

— Tu acha mesmo que não é certo? Eu acho que seria um drama desnecessário.

— Eu entendo, mas acho errado. Sei lá. E agora?

— Ai, Regina, acho que tu tem razão. Vamos ficar por aqui. O que tu acha? Ao menos até outras chegarem. Ou podemos tentar nos comunicar com Resistencia, pra mandarem alguém. A gente dá um jeito.

— E a Pietra?

— Ela tá pistola. Foi chutar umas pedras. Ainda que tinha um fumo aí, saiu soltando fumaça.

— Ela vai entender.

— Eu vou lá fora pensar.

Lu não quis esperar. Saiu para dar uma volta, espiar as redondezas. Regina continuou deitada. Ficou um tempo que não soube medir olhando pra um buraco no teto. Pietra voltou cabisbaixa. Voltou e se deitou num colchão. Regina foi até ela.

— Tu pode ficar aí, mas não fala nada, por favor.

Regina não pretendia falar. Não tinha nada para falar. Ficariam ali esperando notícias ou ficariam ali simplesmente? Não tinham mais ninguém a não ser elas mesmas. O mundo não era mais o mundo. Tudo estava diferente e absurdo, elas estavam aprendendo a viver a nova realidade. Não sabiam dos desertos, mas entendiam de solidão. As três entendiam muito bem de solidão. Regina sentiu certa paz ao saber que ficariam ali, que não precisavam perseguir qualquer objetivo, que poderiam apenas descansar e quem sabe conversar, tomar mais um banho de açude, plantar algumas coisas que haviam trazido, conhecer a vizinhança, o Balneário El Rincón. Percebeu que não gostava de movências, apesar de compreender sua necessidade e, às vezes, sua urgência. Regina se sentou na beirada do colchão e reparou que a ferida do seu pé tinha melhorado um pouco. Pôs a mão nas costas de Pietra sem dizer nada. À distância, Lu sorriu. Tinha ido até o açude tentar pescar, recolher algumas espigas de milho, umas folhas, maçã. Então Pietra começou a fazer um som esquisito, como se pedisse silêncio, mais silêncio. De repente se sentou.

— Vem aqui vem, pss pss pss.

Um gato branco olhava desconfiado na porta, suas órbitas eram como espelhos de luz. Passou roçando as pernas da mesa e alguns caixotes até chegar ao sofá, deu a volta e pulou sobre o colchão.

— Parece a Paranoia.
— Paranoia?
— Minha gata... que morreu.
— Tu tinha uma gata chamada Paranoia? — Pietra riu.
— Sim. Me encheram tanto o saco quando eu quis ficar com ela, que resolvi chamar de Paranoia pra irritar minha família.
— Vem cá, vem, pss pss pss, é fêmea. Como vamos chamá-la?

Ficaram se olhando enquanto a gata se aproximava, até que se aninhou entre as duas e começou a ronronar.

— Não sei. Ela tem cara de quê?

Eram essas coisas simples e ordinárias que lhes faziam falta.

A sensação de algum conforto da coisa familiar, conhecida. Pietra tirou um livro do bolsão da jaqueta jeans.

— Tava machucando a minha costela.

— O que é?

Regina se esticou para apanhar o livro e desamassou a capa.

— *Haverá festa com o que restar*. Eu conheço esse guri.

— É?

— É.

— Antes de fugir de casa, eu peguei um livro pra levar e escolhi esse. Achei que dava um gás pensar desse jeito, que vai ter algo bom depois, com o que sobrar das coisas, com o que sobrar da gente.

— Sabe de uma coisa, Pietra? Eu achei que ficaria destruída, que se alguma coisa assim acontecesse, e eu nunca imaginei que nada do tipo pudesse acontecer, eu achei que ficaria destruída. Mas não. Me sinto incrivelmente bem. Hoje me sinto ótima. Parece que o pior já foi, que o pior era antes. Já foi muitas vezes. Sou péssima pra escolher nomes. Eu tinha uma personagem chamada Divaine.

— Personagem de quê?

— De quando eu trabalhava como profissional do sexo num site.

— Ah, é? Eu não imaginava esse passado pra ti. Imaginava que tu fosse professora.

— Eu ia ser. Eu trabalhava num bar, e fui babá e revisora.

— Sei. E como tu acabou virando profissional do sexo?

— Não sei bem. Curiosidade e oportunidade. E um plano de dominação e emasculação que foi bem frustrante. Mas acho que não quero falar sobre isso agora. Outra hora, quem sabe. Até vai ser bom.

— Os olhos dela têm cor de mel.

— Mel? Que nome mais idiota, comum, totalmente previ-

sível pra um bicho, óbvio e sem personalidade. Eu amei. Mel, o que tu acha, Mel? Gostou? É tão normal, né?
— E tão raro. Uma impossibilidade quase.
A gata virou de barriga para cima e apertou os olhos.
— Acho que ela curtiu.
— Por que aquelas idiotas foram embora? Por que as pessoas vão embora, Regina?
Regina soltou um riso estranho, pesado.
— Eu não sei, não sei mesmo. Já vi tanta gente indo embora, e sempre achei que elas tinham razão. Meu pai e eu fomos abandonados pela minha mãe. Vi gente se afastar, vi gente morrer, e aí é diferente. Mas até a morte parece um caminho de escolha, quando não é uma fatalidade. Em algum momento, eu fui embora também. Mas não sei te responder por qual motivo.
— A Lu contou uma coisa, mas não foi culpa tua. Da velha, digo, ela contou.
— Eu sei. Eu mais ou menos sei. Eu não podia ter proibido a dona Norma de sair, não podia ter deixado a velha presa em casa, mas eu tava pensando na nossa segurança, na minha segurança. Eu não sei. Esse assunto é... no fim é sobre isso mesmo, sobre quem tem o direito de existir e quem não tem. E sobre quem tem o poder de decidir. Não precisa ser um sistema horrível. Pode ser um vetor. Eu nem quero...
— Desculpa, eu não queria ter tocado nisso, mas como tu falou...
— Não, tudo bem. Acho que eu preciso mesmo falar sobre isso, mas não agora. É que com algumas coisas não há negociação, sabe? Não é o caso de perdoar, refazer, repensar relações, quer dizer, eu não sei se é.
— Sim, desculpa.
— Agora podemos falar sobre a gata e sobre o que tu quer fazer aqui.

— Eu não sei. Eu quero ficar um pouco aqui. Quero ter a sensação de que podemos controlar alguma coisa, decidir alguma coisa, sabe? Eu quero também... quero encontrar esse grupo de mulheres doidas que estão planejando a derrubada de algo, a tomada de algo, quero fazer parte de uma nova configuração de mundo. Um mundo em que eu possa existir, um mundo de que eu possa gostar. Não aquele em que vivíamos, Regina, aquela invenção velha de mundo que colapsou na nossa cabeça. Aquilo eu não quero, aquilo sempre foi a morte. A minha e dos meus. Uma vez me disseram que a gente é o sonho do futuro dos nossos antepassados. Acho que eles não sonhavam exatamente com isso. E eu não sei o que sonhar daqui pra frente. Eu nunca quis fazer planos, mas fiz. Nunca quis fazer faculdade, mas fiz, nunca quis ter coisas, mas tinha, decidi parar de comer carne, de usar a natureza como se fosse um recurso, de tratar os seres como se fossem menos ou mais, a depender do que acumulam ou produzem. Mas eu sou um E.T., tenho certeza de que a minha avó nunca sonhou isso. Eu não entendo.

— Sabe que, dos itens do colapsômetro, o que me chocou mais foram as abelhas? Eu fiquei sabendo do que acontecia porque o seu Francisco, dono de uma vendinha perto de casa, alugava colmeias pra polinizar as lavouras.

— Alugava colmeias?

— É. Isso é comum. Mas daí elas começaram a morrer. Voltavam ou doentes ou mortas.

— Como é que é isso?

— Parece que tu tem que transportar a rainha com o enxame junto. Então ele levava a rainha, colocava numa colmeia dessas construídas e deixava as abelhas em algum lugar até que o serviço fosse feito. Depois recolhia tudo.

— Acho que eu já ouvi falar de algo assim, pode crer. A exploração última da natureza.

— É, dá pra ver desse modo também, embora não acho que seja culpa do seu Francisco.
— Não, não mesmo. E o que tava matando as abelhas? Deixa eu adivinhar... Agrotóxicos, pesticidas, venenos.
— Exatamente. E os números eram chocantes. Tu viu? Coisa de bilhão. Aqui no Rio Grande do Sul.
— Não estamos no Rio Grande do Sul.
— Ah é, esqueci. Que doido... sempre quis sair do país, mas nunca imaginei que seria dessa forma. Bom, no Rio Grande do Sul, a mortandade era a maior das Américas, por causa...
— Das nossas lavouras extensivas.
— Pra alimentar gado, no mais.
— Que deprê.
— É. Nós somos a extinção das abelhas. A civilização. A sociedade de consumo. Nós. Os não selvagens.
— Selvagens. Essa palavra sempre me incomodou. Digo, o uso dela em oposição a civilizado. Eu queria ser selvagem. Esse é um desejo. Não domesticada, não instruída, indisciplinada, imprevisível.
— Um caos.
— Não, mas operar em outra lógica, uma inédita. Seria bonito ser uma selvagem.
— Dá pra sonhar esse presente. Pequeno. Pra gente poder se acostumar antes.

Lu entrou com um saco de juta com espigas e um balde de água. Ao ver o gato, deixou tudo no chão e foi até Pietra e Regina.
— Eu trouxe o almoço. Um gato?
— Uma gata. Mel.
— Já deram nome? Nem me esperaram.
— Ela gostou.
— Vem cá, Mel. Que bonitinha. Minha nossa, uma gatinha, que coisa mais linda. Agora isso aqui é um lar, tem até gato.

— Gata — Pietra e Regina falaram juntas.

Ficaram um tempo brincando com Mel. A gata logo se cansou e se deitou sobre as pernas de Regina.

— Acho que tem abelhas ali num cupinzeiro um pouco mais pra direita do poço — Lu disse, e se deitou também, olhando pro teto.

— Deve ter uma rainha por aqui.

— Eu nunca quis viver no interior.

— Nem eu.

— Acho que nenhuma de nós aqui tem cara de que gosta de mato.

— Eu gosto. Sei lá. Não é ruim. É algo pra aprender.

— É o que temos.

— Ao menos por enquanto.

— E agora?

Regina,

Eu não acho que alguém vai conseguir te entregar essa carta, não creio que tu vá ler isso, mas uma vez a Lena, que é uma amiga muito querida pra mim, me disse que era importante fazer algumas coisas simbólicas. Então, essa carta é mais pra mim do que pra ti. Eu queria dizer que te amo, e essas coisas de mãe, mas não te conheço, não sei que tipo de pessoa tu é. Espero que tu seja uma boa pessoa, que tu seja inteligente e que tenha uma vida que não seja péssima. Dizem que o mundo tá muito estranho. Bom, pra mim sempre foi. Eu voltei para o Brasil antes do que chamaram de colapso, mas como fiquei no Norte não fui muito afetada, porque aqui não houve tantas sanções, quer dizer, não mais do que já existia normalmente, sabe? Eu espero que tu entenda essas coisas, não quero pensar que tenho uma filha ignorante. Mas se for, tudo bem. Isso é uma fantasia também. Longe dos grandes centros, o fim do mundo demora mais pra chegar, ao menos esse do colapso aí demora. Porque é mais difícil ludibriar quem já vive um outro tipo de vida que não essa dependente de certos mecanismos que só as cidades conseguiram fazer.

Na comunidade em que eu vivo, a gente conseguiu manter a tranquilidade. Eu moro bem no delta dos rios Madre de Diós e Mamoré. Tomamos uma propriedade que estava praticamente abandonada e fechamos a estrada principal com toras e pedras, e plantamos muitas coisas na estrada, de modo que nos isolamos. Algumas vezes saíamos para montar feiras nas cidades vizinhas, mas decidimos que não era mais uma coisa boa para nós, não fazia sentido. Às vezes alguém atravessa para alguns dos lados e troca alguns itens. Eu não vou te explicar muito a respeito. O que importa é que, fora isso, não temos contato com mais ninguém. Aqui nós recebemos. Tu deve saber o que isso quer dizer. Eles me receberam. Quando eu cheguei, disseram que fazia muito que não chegava uma alma viva naquela terra de ninguém. Um ano ou algo assim. Recentemente, recebemos um grupo de mulheres e parece que vão chegar mais nos próximos meses. Só que eu não sei se vou estar aqui pra ver.

Não sei quanto tempo faz que estou aqui, na verdade não parece muito, mas confesso que perdemos um pouco a noção do tempo com esses dias constantes e com a luz, que aqui é sempre a mesma por causa da localização geográfica. Vezenquando vemos um barco descer pelo rio, mas, se ele se aproxima muito sem fazer o sinal combinado, a ordem é pregar fogo. Todo mundo sabe que isso acontece, por isso não temos muitos intrusos. E pela terra nunca veio ninguém. Se algum dia nos cercarem, acho que será por terra, mas as lideranças disseram que não há muito interesse na nossa área agora, ainda mais depois do dito colapso. Há outros lugares menos remotos pra eles explorarem com autorização.

As pessoas ficaram doidas, estão como baratas tontas tentando encontrar alguma coisa que ainda seja o mundo do jeito que elas conheceram, mas não se dão conta de que ele acabou. Ninguém tá nem aí pra essa gente. Eu não sei se o dinheiro vai significar alguma coisa por muito mais tempo. Mas eu também não estarei aqui pra ver.

Eu sempre soube muito bem pra onde eu queria ir e onde não queria estar, o que eu queria ver e o que não queria, até que um dia fiquei muito cansada de cumprir listas e parei. Então eu pensei que queria ir pra um lugar jamais imaginado, e foi assim que acabei aqui. Em geral é bom, só não é bom quando chega uma fumaça muito intensa. Acontece vezenquando. É uma fumaça que se mistura à umidade e fica difícil respirar. Nesses dias não trabalhamos. Ouvi dizer que os cientistas estavam pesquisando formas de vida que não necessitam de oxigênio pra viver. Achei muito instigante, mas não consegui mais informações. Por mais que a gente não queira saber das coisas, as notícias chegam. Mas pra saber mais fica difícil. É um mundo absurdo, sempre foi. Não acha? É tão absurdo que até eu estou aqui fazendo perguntas pra ti, que eu nem se se vai ler, se quer ler, que eu nem sei se existe. Mas já que embarquei neste exercício de imaginação queria te contar que essas mulheres que chegaram por último aqui começaram um grupo de discussões e umas jornadas de formação, como dizem. É um momento bonito no qual ensinamos uns aos outros e umas às outras nossos saberes e pensamentos. E olha que eu não acho muita coisa bonita. Outro dia perguntei se alguém poderia me ensinar a morrer, porque eu estou um pouco cansada. Eu tive uma vida muito boa e agora estou pronta pra morrer. Primeiro, as pessoas ficaram assustadas com a minha pergunta, mas depois de um encontro do grupo de discussões tudo ficou conversado e nos expressamos sobre nossos desejos. Acho que essa é uma carta pra eu me despedir de ti, Regina. Porque da outra vez que eu fui embora eu não disse nada, não me despedi. Eu só fui. Talvez essa seja a única coisa que eu sinto que seja parecida com um arrependimento, não ter me despedido. Mas agora estou fazendo isso, simbolicamente. É realmente uma coisa que faz a gente se sentir um pouco melhor. Mas não totalmente bem. Eu espero que tu possa ler essas palavras, muito embora eu tenha certeza de que tu não vai. Não sei se me despeço com amor ou com carinho. Queria te dizer que coragem também é importante. Acho que me despeço com a certeza de que eu sinto que queria ter te conhecido melhor. E com o desejo de que tu saiba estar com as pessoas.

 Um beijo,
 Guadalupe, tua mãe.

Mãe,

Como seria passar o fim do mundo contigo? Engraçada essa pergunta, né? Poderia ser também como passar a vida contigo. O pai eu sei que morreu, eu tava lá. Viveu e morreu. Eu vi. Tu é essa mancha. Essa sombra que eu nem sei se é real. Não me lembro de quase nada da gente. Não sinto a tua falta. Eu nem sei dizer se em algum momento eu senti, porque o pai me deixava beber, e beber é ótimo pra essas coisas de sentir. Outro dia eu sonhei que tu tinha morrido bem velha, tipo mais velha do que tu seria na realidade. Que realidade, né? Queria ter a paciência de imaginar a minha vida se tu estivesse viva e por aqui, mas não tenho. Por isso, não consigo te transportar pra cá, pra onde eu tô e pensar em como seria. Acho que eu não sei nem como é pra mim viver isso. Como vai ser. Sei que, por enquanto, somos eu, a Lu, a Pietra e a Mel, nossa gata. Eu poderia tentar começar a te explicar sobre o encerramento das zonas e o colapsômetro, se é que tu não sabe disso, poderia te contar como a gente chegou aqui. Mas eu tô muito cansada.

Eu nem sei por que comecei a escrever essa carta.

Eu escrevia cartas regularmente pra ti. E as guardava numa gaveta, mas a casa queimou e tudo o que eu te escrevi queimou junto. O plano era te entregar as cartas. O plano era que tu as lesse. Eu não tenho frustrações quanto a isso. Mas tenho frustrações. Muitas. As pessoas dizem fim do mundo, eu mesma digo fim do mundo. Quem dera. Não é que eu seja cínica. Pessimista eu sou, sempre fui. Eu já fiz cada coisa na vida, mãe, eu não vou te contar, não porque eu ache que foram ações erradas ou ruins, foram decisões e tiveram alguma consequência. Eu digo quem dera como quem observa que isso aqui não é o fim do mundo coisa nenhuma. Eu bem que queria que o sistema deles colapsasse, só que o rastro de morte que ele vai deixando é pior. Eu queria o fim de algo. Eu não sei se a gente consegue isso de forma radical. Mas, se conseguíssemos, não seria assim. Seria uma revolução mesmo e com mudanças grandes na compreensão das coisas e dos mistérios todos.

As pessoas continuam indo embora, as pessoas continuam presas às ideias que acham que são do mundo. Eu nem sei o que pensar. Tem partes do mundo de que eu gosto. Eu gosto do mundo, aliás, mas ele vem com gente abominável. Sabe, eu tenho sensações estranhas quando penso em ti, mas não consigo achar que tu fez errado. Tu só não se encaixava. Eu disse isso pra minha psiquiatra quando a Eugênia me obrigou a ir, eu era bem mais jovem, bem mais. Depois eu disse isso pra Paula e ela riu, achou que eu tava mentindo, que tava em negação. Sei lá. Por que eu tô escrevendo essa carta?

Depois que o pai morreu, a Eugênia e a Denise acharam que eu deveria conversar com alguém. Fizeram bem, né? A psiquiatra achou que eu estava escondendo meus sentimentos. Até eu pensei que estivesse, mas não. Aquele era o sentimento e ainda é. Eu não te culpo por ter sumido. Tudo isso que a gente criou e precisa obedecer, precisa seguir, todos esses códigos e vontades construídas, é muito difícil de se desvincular dessas coisas todas. Eu nunca quis a maternidade, por exemplo. Eu não sei, imagino que tu tenha ido viver outro tipo de vida. Eu imagino que tu tenha fugido com aquele circo, lembra? Eu imagino que tu tenha ido morar num trailer, eu imagino que tu se foi com aquele show itinerante. Essa é a minha revanche. Não é má. Eu também meio que tentei contar isso pra Paula, minha ex, quer dizer, nem sei o que fomos, e ela riu. Ela disse que eu era perversa. Não entendi. Eu também fui uma espécie de mulher selvagem entre aspas, acho que ainda sou. Um pouco bruta, um pouco incompatível com esse mundo e sem qualquer referência de outro. Sem qualquer referência de outro e sem poder imaginar algo que não seja uma espécie de final catastrófico, porque foi isso que eu aprendi.

Eu não sei imaginar um mundo novo, mãe. Acho que a minha mente foi bem colonizada, apesar de todos os esforços que tenho feito por anos. Meu corpo já é um pouco menos, mas acho que isso em parte se deve ao acaso. Ser uma mulher selvagem entre aspas, é isso, eu fui entre aspas. Eu queria imaginar um futuro, mãe, mas acho melhor não. Acho melhor ir imaginando o presente. Seremos nós quatro aqui por enquanto, até chegar uma nova leva de pessoas que vão passar ou ficar. Isso me incomoda um pouco. Eu preferiria que não viesse ninguém, mas isso é o que eu acho agora. Queria que chegassem outros animais, talvez. Talvez eu sinta falta de gente. Eu não acho que isso vai acabar ou retroceder e que um dia eu vou reencontrar a Aline, a Denise e a Eugênia. Pode ser que um dia elas me escrevam e eu nem sei o que responderia. Aquele mundo que a gente compartilhava é um lugar inacessível. Como é o nosso, o meu e o teu. Não sei o que elas me contariam também. Podem estar levando uma vida normal, achando que eu enlouqueci e fugi. Acho que é isso que elas pensam de ti. Porque tu sabe que algumas pessoas nunca vão se dar conta dessas catástrofes e dessas mudanças, de como por vezes elas são genocidas, por vezes assassinas, por vezes suicidas. Elas vão achar que são problemas pessoais e não sociais. Acho que é isso que elas pensam e possivelmente elas se sintam culpadas por terem me perdido. Eu não acho que seja culpa de ninguém. Aliás, acho a culpa um mecanismo horrível de dominação. Demorou muito pra eu entender isso e vai demorar muito mais pra eu deixar de sentir isso. Hoje eu carrego alguma culpa, mas não tem o mesmo efeito. Eu queria é que esse mundo implodisse, que as instituições caíssem, mas esse sonho também é genocida. E salve-se quem puder. Não sei se eu consigo sonhar sonhos não colonizados. É tão difícil... Eu nem durmo bem, mãe. Merdei isso do pai, que sempre me dizia que tu, por outro lado, dormia em qualquer lugar. Acho que não dá mais tempo de sonhar coisas novas, sabe? Acho que esgotamos os sonhos, esses sonhos que aprendemos com o tempo, esses sonhos que herdamos, sonhos de porvir, que uns chamam de premonições. Acho que teremos que fazer o luto dos sonhos e aprender a dormir de novo, aprender a cansar um cansaço que não seja útil para dormir de novo e quem sabe sonhar de novo coisas inéditas.

Agradecimentos

Quero agradecer aqui a todas as pessoas que em algum momento, nos últimos cinco anos, me ouviram dizer: estou escrevendo um livro.

Estou escrevendo um livro sobre uma mulher, não, sobre um bando de mulheres, um bando de gente no fim do mundo, não, estou escrevendo um livro sobre o colapso, estou escrevendo um livro sobre uma mãe e uma filha, estou escrevendo um livro sobre amizade, estou escrevendo um livro sobre o agora, até eu acertar sobre o que estava escrevendo e justamente por isso não poder mais dar uma resposta curta.

Agradeço a quem também ouviu as respostas longas e, finalmente, a quem leu os diversos estágios deste A extinção das abelhas: Dani, meu amor, obrigada por todas as conversas. Natalia Affonso, Nanni Rios, Leo Tavares e Aline Job, obrigada pelas leituras e comentários nos diversos estágios do livro. Moema Vilela, Carolina Carraro, Letícia Oliveira e Camila Dalbem, obrigada pela leitura carinhosa. E por fim, Marianna Teixeira Soares e Luara França, obrigada por acreditarem nesta história.

1ª EDIÇÃO [2021] 4 reimpressões

ESTA OBRA FOI COMPOSTA EM ELECTRA PELO ESTÚDIO O.L.M./ FLAVIO PERALTA E IMPRESSA EM OFSETE PELA GRÁFICA BARTIRA SOBRE PAPEL PÓLEN NATURAL DA SUZANO S.A. PARA A EDITORA SCHWARCZ EM AGOSTO DE 2023.

A marca FSC® é a garantia de que a madeira utilizada na fabricação do papel deste livro provém de florestas que foram gerenciadas de maneira ambientalmente correta, socialmente justa e economicamente viável, além de outras fontes de origem controlada.